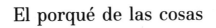

El porqué de las cosas

Quim Monzó

El porqué de las cosas

Traducción de Marcelo Cohen

EDITORIAL ANAGRAMA

BARCELONA

Título de la edición original:
El perquè de tot plegat
Quaderns Crema
Barcelona, 1993

Diseño de la colección:
Julio Vivas
Ilustración: «Las dudas de Thomas», Mark Tansey, 1986
    Collection Steve Tisch

Primera edición en «Narrativas hispánicas»: enero 1994
Primera edición en «Compactos»: noviembre 2005

© EDITORIAL ANAGRAMA, S. A., 1994
    Pedró de la Creu, 58
    08034 Barcelona

ISBN: 84-339-6819-X
Depósito Legal: B. 34391-2005

Printed in Spain

Liberdúplex, S. L. U., ctra. BV 2249, km 7,4 - Polígono Torrentfondo
08791 Sant Llorenç d'Hortons

Jean Giraudoux (en *Siegfried et le Limousin*, capítulo 2) planteó la interesante cuestión de cómo, a veces, los pequeños misterios con que se tropieza en la vida se aclaran de repente, aunque con retraso. Agrega: «No renuncio a ver cómo, en Oceanía o en México, se resuelven algún día ciertos enigmas de mi pasado; los nudos siempre acaban deshaciéndose por simple desgana de ser nudos. Por lo demás, el único que me preocupa verdaderamente es el enigma Tornielli; este embajador en ejercicio, a quien vi por primera vez durante la entrega de premios del concurso general, me hizo una seña para que me acercase y me deslizó en la mano un huevo duro.» De momento, mi intensa investigación sobre el enigma Tornielli sólo ha producido la información de que el conde Giuseppe Tornielli Brusati di Vergano (1836-1908) fue embajador italiano en París desde 1895 hasta 1908. Las preguntas obviamente no contestadas son: ¿es cierto que el embajador de una potencia extranjera le dio a Giraudoux un huevo duro?, ¿o éste jugó al lector la treta francesa de disociar al «narrador» del «autor»? En el primer caso, ¿murió Giraudoux sin resolver el «enigma Tornielli»? ¿Quizá lo ha aclarado alguna otra persona? Me pregunto si alguno de los lectores conoce las respuestas.

Carta del marqués de Tamarón publicada en el Times Litterary Supplement *el 28 de enero de 1983.*

LA HONESTIDAD

Empujando un carrito con una bandeja en la que hay un vaso de agua, un frasco de cápsulas, un termómetro y una carpeta, la enfermera entra en la habitación 93, dice «Buenas tardes» y se acerca a la cama del enfermo, que yace con los ojos cerrados. Lo mira sin excesivo interés, consulta las indicaciones colgadas a los pies de la cama, saca una cápsula del frasco que lleva en el carrito y, mientras coge el vaso de agua, dice:

—Señor Rdz, es hora de la cápsula.

El señor Rdz no mueve ni un párpado. La enfermera le toca el brazo.

—Vamos, señor Rdz.

Con los presentimientos más negros, la enfermera coge la muñeca del enfermo para tomarle el pulso. No tiene. Está muerto.

Guarda la cápsula en el frasco, arrincona el carrito y sale de la habitación. Corre hasta el mostrador de control de esa ala del hospital (la D) y le anuncia a la enfermera jefe que el paciente de la habitación 93 ha muerto.

La enfermera jefe mira el reloj. No le va nada bien que se le haya muerto un paciente en este momento. Le falta un cuarto de hora para irse, y hoy más que nunca le interesa salir rápido porque al fin ha conseguido que el novio de su mejor amiga le haya dicho que se vieran, justamente con la excusa de hablar de su amiga. Aunque ella sabe (precisamente por las confesiones de esa amiga suya) que es hombre que no se anda por las ramas y que hablar es lo que menos le interesa en el mundo, y que si la ha invitado a cenar en su casa es, sin la menor duda, para empalarla a los pocos minutos, encima de la mesa mismo, entre las velas y los platos de espaguetis, si es que, como casi siempre (lo sabe por su amiga), ha preparado espaguetis para cenar. Y lo espera con ansia. Por eso, si anuncia que el enfermo de la habitación 93 se ha muerto, lo quiera o no tendrá que quedarse un rato más, aunque ya haya llegado el turno siguiente, el que empieza justo dentro de un cuarto de hora. Los muertos traen papeleo. Son cosas que no se solucionan en un momento. Y eso significa llegar tarde a la cita. Claro que puede llamar al novio de su amiga, explicarle lo que le pasa y proponerle que se vean más tarde, u otro día. Pero la experiencia le ha enseñado que los aplazamientos de las primeras citas suelen ser fatídicos. Que cuando una cita se aplaza por un motivo, la vez siguiente se aplaza por otro. Y, hoy por una cosa y mañana por otra, el aplazamiento se vuelve definitivo. Además, ha sido un día terrible y tiene unas ganas locas de acabar, ir a casa de él y abandonarse.

Si se tuviesen más confianza, podría decirle (a la enfermera que ha encontrado al paciente muerto), que haga como que no se ha dado cuenta. Así lo descubriría una de las enfermeras del próximo turno, y de las complicaciones posteriores se encargaría la siguiente enfermera jefe. A los del próximo turno lo mismo les da. Apenas habrán comenzado a trabajar, y un muerto no les desbaratará la jornada. De esta manera ella se libraría del asunto y llegaría puntual a la cita. Pero no tiene mucha confianza con la enfermera. Es nueva y hasta existe el peligro de que padezca esa especie de devoción a la ética que a veces tienen los principiantes. Además, puede que no la padezca pero se apunte el dato y un día, cuando le convenga, lo utilice en beneficio propio.

La enfermera jefe vuelve a mirar el reloj. Está cada vez más nerviosa. Las agujas avanzan inexorables hacia la hora de salida, hacia la cita que por nada del mundo quiere perderse. ¿Qué hacer? Tiene que decidirse rápido, porque la enfermera que ha encontrado al muerto empieza a mirarla con cara de no entender por qué se queda quieta, boquiabierta e indecisa. Le dice que ya se encargará ella y que siga con el recorrido.

Tampoco puede pedirle el favor a la enfermera jefe del próximo turno. No porque la mujer tenga veleidades éticas sino porque, lamentablemente para la resolución del trago en que se encuentra,

11

hay un odio mutuo que dura desde el día en que se conocieron.

Si no encuentra ninguna solución, ¿va a quedarse de brazos cruzados y renunciar a la cita? Por nada del mundo. Pero el desasosiego no la deja pensar con claridad. Cada vez lo ve todo más negro.

Justo en el peor momento, cuando la preocupación está a punto de impedirle encontrar una salida, ve la solución entrando por la puerta: el médico nuevo, que trabaja en el hospital desde hace poco y siempre le sonríe, con una sonrisa entre insinuante e interrogativa. Es la única posibilidad. Se acercará al médico joven, le contará que tiene un compromiso ineludible y le pedirá que le haga un favor: encargarse él del muerto. Por más que sepa que, a cambio del favor, las sonrisas insinuantes se convertirán en proposiciones concretas. ¿Le apetece acceder a las proposiciones concretas de ese médico? Nunca lo ha pensado en serio. En principio habría dicho que no. Pero, después de hacerse la composición de lugar y mirarlo una vez más, ¿por qué no? Además, si realmente no le apeteciera nada, hasta podría decirle que no. Un favor se hace a cambio de nada. Un favor que se paga ya no es un favor.

Pero cuanto más lo piensa menos le apetece decirle que no. De hecho, le apetece decirle que sí. Es más: tiene muchas ganas de que le haga proposiciones. Tantas ganas que cada vez piensa menos en el hombre con quien está citada más tarde y al cual se imagina empalándola sobre la mesa, entre los espaguetis.

Se le acerca, abre la boca y se esfuerza por no quedarse muda. Los labios del médico la trastornan. Son carnosos, tersos. Los mordería allí mismo. En vez de eso le pide el favor. El médico le sonríe, le dice que no se preocupe y que se vaya tranquila: él se encargará. La enfermera jefe se aleja por el pasillo y, antes de entrar en el vestuario, se vuelve por última vez para mirarlo y comprobar que, efectivamente, él también la ha estado mirando; la mira aún, se sonríen y ella entra en el vestuario. Se cambia deprisa: ¡ya pasan dos minutos de su hora de marcharse! Sale a la calle. Levanta un brazo para parar un taxi pero lo piensa mejor, lo baja y se queda un instante quieta. Después echa a andar, busca una cabina telefónica y, mientras llama al novio de la amiga para musitarle una excusa poco creíble, calcula cuánto tardará el médico nuevo en hacerle proposiciones, y cómo hará para incitarlo si ve que tarda mucho.

EL AMOR

La archivera es una mujer alta, guapa, con rasgos faciales grandes y vivos. Es inteligente, divertida y tiene lo que la gente llama carácter. El futbolista es un hombre alto, guapo, con rasgos faciales grandes y vivos. Es inteligente, divertido y tiene lo que la gente llama carácter.

La archivera trata al futbolista con desdén. Se muestra seca, displicente. De tanto en tanto, cuando él la llama (siempre es él quien la llama, ella a él no lo llama nunca), aunque no tenga nada que hacer le dice que ese día no le va bien que se vean. Da a entender que tiene otros amantes, para que el futbolista no se crea con ningún derecho. Alguna vez ha cavilado (tampoco mucho, no fuera a darse cuenta de que se estaba equivocando) y llegado a la conclusión de que lo trata con desdén porque en el fondo lo quiere mucho y teme que, si no lo tratara con desdén, caería en la trampa y se enamoraría de él tanto como él está enamorado de ella. Cada vez que la archivera decide que se acuesten, el futbolista se pone tan contento que le cuesta creerlo y llora de alegría, como con ninguna otra mujer. ¿Por qué? No lo sabe, pero cree que el desprecio con que lo trata la archivera no lo es todo. De ninguna manera es el factor decisivo. Sabe que en el fondo ella lo quiere, y sabe que si finge dureza es para no caer en la trampa, para no enamorarse de él tanto como él está enamorado de ella.

El futbolista querría que la archivera lo tratase sin desdén o, como mínimo, con un poco menos. Porque así vería, por un lado, que ésa no es la única forma de relación posible entre los dos y, por otro, que no debe tener ningún miedo de enamorarse de él. Porque él amaría la ternura de la archivera, esa ternura que ahora le da miedo mostrar.

A veces el futbolista sale con otras mujeres. Porque le parece que ha llegado al límite, porque decide que ya no soporta más que lo trate como un jarro, que casi no lo mire, que lo utilice de cepillo y después lo ignore.

Pero siempre vuelve. No es que las otras no le interesen lo suficiente. Todo lo contrario: son muchachas espléndidas, inteligentes, guapas y consideradas. Pero ninguna le da el placer que le da ella.

Un día (una tarde, mientras la archivera fuma y lo observa desvestirse), el futbolista se decide y le habla. Le dice que no debería ser tan seca, tan huraña, que él la quiere tanto que no debe tener miedo de mostrarse tal como es. Que no se aprovecharía de ninguna debilidad de ella. Que si fuese

tierna (y él sabe que lo es, y que finge no serlo) la
querría aún más. Airada, ella le dice que quién se ha
creído que es para decirle lo que tiene que hacer y lo
que no; le dice que se siente y lo abofetea. Esa tarde,
el futbolista disfruta más que nunca.

Pero, otro día que se ven, inopinadamente ella
no es tan malcarada como de costumbre. El futbolista se sorprende. A lo mejor lo ha pensado y, sin
decirle nada, empieza a hacerle caso. Al día siguiente es incluso tierna. El futbolista se alegra mucho.
Por fin ha entendido que no tenía por qué tener
miedo. Que mostrarse tal como es no va a reportarle
ningún mal. Están en la cama. El futbolista está tan
emocionado que se conmueve con cada gesto, con
cada caricia. En cada mimo encuentra un placer es-
pecial. Es tal la ternura que ni tiene ganas de follar:
les basta con abrazarse y decirse que se quieren
(ahora, ella se lo dice a cada momento).

La archivera no vuelve a tratarlo con desprecio
nunca más. Está tan enamorada del futbolista que
se lo dice por la mañana, por la tarde, por la noche.
Le regala camisas, libros. Se le entrega siempre que
él quiere. Es ella quien lo llama, cada vez más, para
que se vean todos los días. Y una noche le propone
que se vayan a vivir juntos.

El futbolista la observa fríamente, con la mirada
vidriosa. Hasta no hace mucho hubiera dado el brazo derecho por que ella le propusiese lo que acaba
de proponerle.

VIDA MATRIMONIAL

A fin de firmar unos documentos, Zgdt y Bst (casados desde hace ocho años) tienen que ir a una ciudad lejana. Llegan a media tarde. Como no podrán resolver el asunto hasta el día siguiente, buscan un hotel donde pasar la noche. Les dan una habitación con dos camas individuales, dos mesillas de noche, una mesa para escribir (hay sobres y papel de carta con el membrete del hotel, en una carpeta), una silla y un minibar con un televisor encima. Cenan, pasean por la orilla del río y, cuando vuelven al hotel, cada uno se mete en su cama y coge un libro.

Pocos minutos más tarde oyen que en la habitación de al lado están follando. Oyen claramente el chirrido del somier, los gemidos de la mujer y, más bajo, los bufidos del hombre. Zgdt y Bst se miran, sonríen, hacen algún comentario chistoso, se desean buenas noches y apagan la luz. Zgdt, caliente por la follada que sigue oyendo a través de la pared, piensa en decirle algo a Bst. A lo mejor ella se ha puesto tan caliente como él. Podría acercársele, sentarse en la cama, bromear sobre los vecinos y, como quien no quiere la cosa, acariciarle primero el pelo y la cara y a continuación los pechos. Muy probablemente, Bst se apuntaría en seguida. Pero ¿y si no se apunta? ¿Y si le retira la mano y chasca la lengua o, peor todavía, le dice «No tengo ganas»? Hace años no habría dudado. Habría sabido, justo antes de apagar la luz, si Bst tenía ganas, si los gemidos de la habitación de al lado la habían encendido o no. Pero ahora, con tantos años de telarañas encima, nada está claro. Zgdt se vuelve de lado y se masturba procurando no hacer ruido.

Diez minutos después de que haya acabado, Bst le pregunta si está dormido. Zgdt le dice que todavía no. En la habitación de al lado ya no gimen. Ahora se oye una conversación en voz baja y risas sofocadas. Bst se levanta y va a la cama de Zgdt. Aparta las sábanas, se tiende y empieza a acariciarle la espalda. La mano baja desde la espalda hasta las nalgas. Sin coraje para decirle que se acaba de masturbar, Zgdt le dice que no tiene ganas. Bst deja de acariciarlo, hay un silencio breve, larguísimo, y se vuelve a su cama. Zgdt oye cómo aparta las sábanas, cómo se mete dentro, cómo se revuelve. A cada revuelta, a Zgdt se le multiplican los remordimientos por haberse masturbado sin haber intentado antes saber si Bst querría follar. Además, se siente culpable de no haberle dicho la verdad. ¿Tan poca confianza se tienen, tan extraños son ya el uno para el otro, que

18

ni eso puede decirle? Precisamente para demostrar que no son del todo extraños, que aún hay una chispa de confianza, que quizá puede reavivar la hoguera, reúne coraje, se vuelve hacia ella y le confiesa que hace unos minutos se ha masturbado porque pensaba que ella no tendría ganas de follar. Bst no dice nada.

Minutos después, por los sonidos disimulados que le llegan, Zgdt supone que Bst se está masturbando. Siente una tristeza inmensa, piensa que la vida es grotesca e injusta y rompe a llorar. Llora contra la almohada, hundiendo la cara todo lo que puede. Las lágrimas son abundantes y calientes. Y cuando oye que Bst ahoga el gemido final contra el pulpejo de la mano, grita con un grito que es el grito que ella se muerde.

LA SUMISIÓN

La mujer que está tomando un helado de vainilla en la primera mesa de este café ha tenido siempre las cosas muy claras. Busca (y buscará hasta que lo encuentre) lo que ella llama un hombre de verdad, que vaya al grano, que no pierda el tiempo en detalles galantes, en gentilezas inútiles. Quiere un hombre que no preste atención a lo que ella pueda contarle, pongamos, en la mesa, mientras comen. No soporta a los que intentan hacerse los comprensivos y, con cara de angelitos, le dicen que quieren compartir los problemas de ella. Quiere un hombre que no se preocupe por los sentimientos que ella pueda tener. Desde púber huyó de los pipiolos que se pasaban el día hablándole de amor. ¡De amor! Quiere un hombre que nunca hable de amor, que no le diga nunca que la quiere. Le resulta ridículo, un hombre con los ojos enamorados y diciéndole: «Te quiero.» Ya se lo dirá ella (y se lo dirá a menudo, porque lo querrá de veras), y cuando se lo haya dicho recibirá complacida la mirada de compasión que él le dirigirá. Ésa es la clase de hombre que quiere. Un hombre que en la cama la use como se le antoje, sin preocuparse por ella, porque el placer de ella será el que él obtenga. Nada la saca más de quicio que esos hombres que, en un momento u otro de la cópula, se interesan por si ha llegado o no al orgasmo. Eso sí: tiene que ser un hombre inteligente, que tenga éxito, con una vida propia e intensa. Que no esté pendiente de ella. Que viaje, y que (no hace falta que lo haga muy a escondidas) tenga otras mujeres además de ella. A ella no le importa, porque ese hombre sabrá que, con un simple silbido, siempre la tendrá a sus pies para lo que quiera mandar. Porque quiere que la mande. Quiere un hombre que la meta en cintura, que la domine. Que (cuando le dé la gana) la manosee sin miramientos delante de todo el mundo. Y que, si por esas cosas de la vida ella tiene un acceso de pudor, le estampe una bofetada sin pensar si los están mirando o no. Quiere que también le pegue en casa, en parte porque le gusta (disfruta como una loca cuando le pegan) y en parte porque está convencida de que con toda esta oferta no podrá prescindir jamás de ella.

EL CICLO MENSTRUAL

En tercero de biológicas, Grmpf está enamorada de Pti y Pti de Grmpf. Pero como Pti tiene un no sé qué entre tímido y orgulloso, no le dice nada a Grmpf y Grmpf termina por creer que en realidad no está enamorado de ella. Por eso, con gran esfuerzo, intenta quitárselo de la cabeza. Le cuesta Dios y ayuda, porque está locamente enamorada, pero al fin consigue medio olvidarlo. Sobre todo desde que conoce a Xevi y se interesa por él. A Xevi la cosa no le viene nada mal, porque se habría agarrado a un clavo ardiente: acaba de romper con Mari y se siente absolutamente solo. Con la aceleración propia de quien quiere enterrar el pasado lo antes posible, Xevi y Grmpf se casan en seguida. Cuando Pti se entera, se hunde por completo: de golpe comprende que estaba locamente enamorado de Grmpf. Espera a la puerta de la casa de ella y, cuando ve que Xevi se va, llama. Grmpf abre la puerta y se queda de piedra al ver a Pti con una rodilla en el suelo y declarándosele. Se le trastocan los sentimientos, está a punto de caer en la duda, pero es fuerte, inspira hondo y le dice que es demasiado tarde. Pti calla, se incorpora y se va, desesperado y para que ella no vea que está llorando. Mientras tanto, en el camino a la oficina, Xevi se ha encontrado con Mari. Ah, qué encuentro. Les basta mirarse a los ojos para darse cuenta de que romper fue un error. Se abrazan y se prometen amor eterno. Pero Mari sufre por Xevi: no puede acabar de creer que se haya dado cuenta tan rápido de que es a ella a quien quiere y no a Grmpf. Xevi insiste en que sí, en que es a ella a quien quiere, y para demostrárselo vuelve a casa cuando calcula que Grmpf no está; hace la maleta y deja una nota donde le dice lo que pasa y se excusa. Cuando Grmpf llega a casa, ve la nota y se desespera. Qué imbécil ha sido en no aceptar la propuesta de Pti. Abre una botella de vodka. Se la bebe toda. Eso le da valor. Llama a Pti, le dice que lo ha pensado mejor y que lo quiere.

Al otro extremo de la línea, silencio. Por fin, Pti se aclara la garganta y habla. Le explica que la declaración llega tarde porque, cuando ella le dijo que no, se quedó tan destrozado que inició de inmediato el proceso de denigración y, como es un hombre rápido, en unos momentos ya ha destruido la buena opinión que tenía de ella y ha transformado por completo el amor que había sentido por ella hasta aquella misma tarde. Ahora lo único que siente es odio, un odio intenso que le permite despedirla sin contemplaciones y colgar. Con el auricular en la mano, Grmpf llora, y en seguida le viene fiebre: de golpe tiene treinta y nueve grados y dos décimas. Al día siguiente no va al trabajo. La misma tarde, precedido por un ramo de flores, aparece Toni, un compañero del despacho que ha venido a interesarse por su salud, por si necesita algo. Grmpf se da cuenta de que detrás de ese interés y de ese montón de flores hay una chispa de amor. Pero no es el momento. Ahora ella no puede pensar más que en Xevi, hasta que se cicatrice la herida.

La herida se cicatriza, Grmpf se repone del todo y Toni insiste: la saca a pasear, la lleva a cenar, van al cine. Él querría algo más, pero desde el principio ella deja claro que sólo serán buenos amigos. Toni se conforma con eso. Se conforma porque es comprensivo. Comprende que Grmpf todavía tiene los sentimientos en carne viva y que no es cosa de jugar. Todos los sábados, a la vuelta del cine o el restaurante, la deja en la puerta de casa y se despiden con un beso en la mejilla.

Hasta que un día Toni conoce a Anni. Es lo que se llama amor a primera vista. Se enrollan inmediatamente y Toni deja de ver a Grmpf. Molesta, Grmpf decide que Toni ya no sale con ella porque lo único que quería era llevársela a la cama y como no se la llevaba ya no quiere salir con ella. Ahí está la prueba: como no es una mujer fácil, termina con la hipocresía de las cenas, las salidas al cine y esa frase que decía siempre: «No me importa. Entiendo que todavía estés dolida por lo de Xevi; no me molesta que no nos acostemos. De veras.» Hipócrita. Para vengarse, Grmpf se va a un bar y se acuesta con el primero que encuentra, un escocés llamado Eric, que acaba de llegar de Aberdeen y piensa estar aquí una semana para quitarse de la cabeza a una chica llamada Fiona.

LA INOPIA

La profesora universitaria va a almorzar a casa del profesor universitario. Trabajaron juntos hará unos doce años y de vez en cuando (cada año o cada dos años) almuerzan juntos y se cuentan cómo les ha ido desde la última vez que se vieron. Esta vez hace casi tres años que no se ven: desde antes de que ella se divorciase.

La profesora universitaria pasa todo el rato hablando únicamente de si la gente está buena o no. «¿A ti te parece que Kim Bassinger está buena?», pregunta. «No me parece que Mickey Rourke esté tan bueno.» «Bruce Willis sí está bueno.» «En mi facultad hay un profesor que está buenísimo.» «¿Tú crees que Andreu está bueno?»

Es la caricatura en negativo de un determinado tipo de hombres, cuando hablan de mujeres. Pero con ciertos detalles que la convierten en ridícula. Los hombres que ella inconscientemente caricaturiza nunca preguntarían si tal o cual mujer está buena.

Lo sabrían desde el momento mismo de verlas, fuera en el cine, en una revista o en la facultad. Tampoco dirían siempre «está buena», como única frase del repertorio, y tendrían cincuenta frases más, desde poéticas a groseras, para describir todos y cada uno de los detalles anatómicos o el potencial lascivo que intuyeran en cada caso.

Después de años y años de estar absolutamente casada, ahora (después del divorcio) ha descubierto el Mediterráneo. Pero tantos años de falta de práctica han hecho que olvidase cómo se nada, o que lo haga con tan poca destreza que no pueda adentrarse mucho en el mar.

No se está quieta en la silla. Enciende un cigarrillo tras otro y los aspira con intensidad. Lleva los labios pintados de rojo intenso. Antes de divorciarse no se los pintaba. No se ponía nada de maquillaje. Ahora, en cambio, lleva la cara como un cromo. Cuando sonríe (sonríe todo el rato), el maquillaje le hace un pliegue como de cartón en las comisuras de los labios. Y el pelo lo lleva cortado a la perfección, teñido de un castaño rojizo que en las canas se vuelve cobre grisáceo.

Mientras toman café, el profesor universitario la escucha y la observa. ¿Se estará reprochando todos los años perdidos en la fe monogámica? ¿Estará haciendo la lista de la cantidad de hombres que podría haberse tirado y no se ha tirado? ¿Será consciente de que, fiel a la fidelidad, se le ha aflojado la carne, le han salido arrugas y gente que hace diez años hubiera querido follar con ella ahora ni lo considera?

—¿Por qué me miras tan fijo? —dice ella de golpe—. ¿No te me querrás insinuar?

LA FE

—Quizá es que no me quieres.

—Te quiero.

—¿Cómo lo sabes?

—No lo sé. Lo siento. Lo noto.

—¿Cómo puedes estar seguro de que lo que notas es que me quieres y no otra cosa?

—Te quiero porque eres diferente de todas las mujeres que he conocido en mi vida. Te quiero como nunca he querido a nadie, y como nunca podré querer. Te quiero más que a mí mismo. Por ti daría la vida, me dejaría despellejar vivo, permitiría que jugasen con mis ojos como si fuesen canicas. Que me tirasen a un mar de salfumán. Te quiero. Quiero cada pliegue de tu cuerpo. Me basta mirarte a los ojos para ser feliz. En tus pupilas me veo yo, pequeñito.

Ella mueve la cabeza, inquieta.

—¿Lo dices de verdad? Oh, Raül, si supieses que me quieres de veras, que te puedo creer, que no te engañas sin saberlo y por lo tanto me engañas a mí... ¿De verdad me quieres?

–Sí. Te quiero como nadie ha sido capaz de querer nunca. Te querría aunque me rechazaras, aunque no quisieras ni verme. Te querría en silencio, a escondidas. Esperaría que salieses del trabajo nada más que para verte de lejos. ¿Cómo es posible que dudes de que te quiero?

–¿Cómo quieres que no dude? ¿Qué prueba real tengo de que me quieres? Sí, tú dices que me quieres. Pero son palabras, y las palabras son convenciones. Yo sé que a ti te quiero mucho. Pero ¿cómo puedo tener la certeza de que tú me quieres a mí?

–Mirándome a los ojos. ¿No eres capaz de leer en ellos que te quiero de verdad? Mírame a los ojos. ¿Crees que podrían engañarte? Me decepcionas.

–¿Te decepciono? No será mucho lo que me quieres si te decepcionas por tan poco. ¿Y todavía me preguntas por qué dudo de tu amor?

El hombre la mira a los ojos y le coge las manos.

–Te quiero. ¿Me oyes bien? Te quie ro.

–Oh, «te quiero», «te quiero»... Es muy fácil decir «te quiero».

–¿Qué quieres que haga? ¿Que me mate para demostrártelo?

–No seas melodramático. No me gusta nada ese tono. Pierdes la paciencia enseguida. Si me quisieras de verdad no la perderías tan fácilmente.

–Yo no pierdo nada. Sólo te pregunto una cosa: ¿qué te demostraría que te quiero?

–No soy yo la que tiene que decirlo. Tiene que

salir de ti. Las cosas no son tan fáciles como pare-
cen. −Hace una pausa. Contempla a Raül y suspira−.
A lo mejor tendría que creerte.

−¡Pues claro que tienes que creerme!

−Pero ¿por qué? ¿Qué me asegura que no me
engañas o, incluso, que tú mismo estás convencido
de que me quieres pero en el fondo, sin tú saberlo,
no me quieres de verdad? Bien puede ser que te
equivoques. No creo que vayas con mala fe. Creo
que cuando dices que me quieres es porque lo crees.
Pero ¿y si te equivocas? ¿Y si lo que sientes por mí
no es amor sino afecto, o algo parecido? ¿Cómo
sabes que es amor de verdad?

−Me aturdes.

−Perdona.

−Yo lo único que sé es que te quiero y tú me
desconciertas con preguntas. Me hartas.

−Quizá es que no me quieres.

PIGMALIÓN

Es una adolescente tan bella que, en cuanto la conoce, Pigmalión quiere hacer una escultura. La lleva al estudio y se pasa horas (dibujándola primero, pintándola después) antes de hacer la primera prueba en barro. Al contrario que en la película, la chica no es ignorante ni habla mal. Cuando termina la escultura se han enamorado uno del otro.

En la cama, Pigmalión descubre que es tan bella y educada como inexperta. Consciente de su papel en la historia, le enseña todo lo que sabe, sorprendido por la facilidad con que la chica aprende. Hasta que la convierte en la amante perfecta, consciente de serlo: la que siempre había soñado. Se amolda a cualquier juego a que él la someta, hasta que la ha sometido a todos los que conoce. Espoleado por la receptividad de la chica, hurga en el saco de las fantasías que nunca ha llevado a la práctica. Hasta que ya no es sólo él quien propone, sino que entre los dos construyen un crescendo de excitaciones. Ahora la chica está a sus pies, con la boca abierta y los ojos encendidos. Con una cuchara, Pigmalión recoge la mezcla de semen y lágrimas que resbala por la cara de la chica y se la mete en la boca, alimentándola como a un bebé. Hechizado e inquieto, Pigmalión mira cómo lame la cuchara. ¿Qué más puede hacerle? La chica le implora que le haga lo que quiera.

—Basta que me lo digas y me arrastraré por las calles; si quieres traeré hombres a casa, para que veas cómo me follan. Llámame «puta»; tú me has hecho así.

Es cierto. Sabe que, sólo con que se lo ordene, se arrastrará por las calles. Pero también sabe que, aunque no se lo ordene, lo hará igualmente. No hay más que mirarla. Cualquiera que la mire a los ojos verá un volcán de lascivia. Que no sólo no se negará nunca a nada, sino que aprovechará la primera posibilidad de traicionarlo para disfrutar del placer de engañar a quien ha sido su maestro. ¿Y si ya ha empezado a traicionarlo y, sabiendo que a él le gustaría saberlo y conocer todos los detalles, por pura perversión no se lo dice? Lo vuelve loco la posibilidad de que se la clave otro hombre sin estar él delante, y perdérselo. La mira con rabia y pasión. Tira la cuchara a un lado, se levanta; cuando la vuelve a mirar el corazón le late desbocadamente. En un arrebato coge las cuatro cosas que la muchacha tiene en el estudio (un cepillo para el pelo, unos pendientes, un pintalabios, un libro), las mete en una bolsa, agarra a la chica por la muñeca, le incrus-

ta la bolsa en el sobaco, abre la puerta, la echa y
cierra de un portazo.

—¡Puta!

LA INMOLACIÓN

Marido y mujer contemplan la silueta de la torre. La mujer se siente especialmente tierna y abraza al marido.

—Tenía muchas ganas de hacer este viaje.

Se besan. El marido acaricia el pelo de la mujer. Vuelven a mirar la torre.

—¿A qué hora tenemos que estar en Florencia? —dice la mujer.

—Por la noche. ¿Tienes hambre, ahora? ¿Cogemos el coche y vamos a comer a algún sitio cerca de aquí?

—Sí. Pero primero subamos a la torre.

—¿A la torre? Ni hablar.

—¿Cómo que no? A ver si hemos venido a Pisa y nos vamos a ir sin subir a la torre.

—Pues claro que no. Lo que es yo, no subo.

—¿Por qué no?

—Porque no es segura. No me haría ninguna gracia que se cayera justo cuando subimos nosotros a hacer la visita turística.

–¿Cómo se va a caer? Hace siglos que se aguanta así. ¿No pensarás que se va a derrumbar precisamente cuando subimos nosotros?

–Hace siglos que está inclinada. Pero no es verdad que haga siglos que está tan inclinada. Lo está cada vez más. Y algún día se va a derrumbar. Todo el mundo dirá: «Ya ves, ha sido hoy, ¿quién iba a decirlo?» Pero yo no quiero estar dentro el día que pase.

–¿No ves que la han tenido cerrada durante años hasta que se han asegurado de que no pasaba nada, hasta que un comité de geólogos, arquitectos y no sé qué más ha decidido que no había peligro?

–Precisamente, que la hayan tenido cerrada tantos años quiere decir que es peligrosa. Cuando se caiga dejará de haber peligro. Ya no podrá subir nadie. El problema es mientras no se cae. Además, lo único que han hecho es fajarla con unos anillos de acero, anclarla a una plataforma de cemento y ponerle un contrapeso de plomo. Y el hecho de que sólo pueda subir un número determinado y reducido de personas por turno confirma que no lo han solucionado.

–No. Lo que confirma es que han tomado las medidas de seguridad necesarias. Ahora ya no puede pasar nada.

–Al contrario. Ahora pueden pasar más cosas que antes. Antes, con el correr del tiempo, la torre se había ido estabilizando. Ahora, con tanto anillo de acero y tanto parche, lo único que han conseguido es quitarle incluso su relativa estabilidad. Ahora es cuando más se puede caer. En el momento menos pensado.

–Me dejas de piedra. ¿De verdad no quieres subir? ¿Hemos venido a Pisa y no vas a subir a la torre conmigo?

–Es un riesgo innecesario.

–Todo es un riesgo innecesario. Subir a un avión. Ir en coche. Fumar. Incluso quedarte en casa. Puede ser que la vecina de abajo no haya apagado bien el gas, que alguien encienda una cerilla y estalle todo el edificio.

–Eres una pelma.

–Yo subo. Si quieres, me esperas aquí.

El viento sopla de manera pavorosa. El pañuelo que la mujer lleva al cuello se le pega a la cara. Lo aparta con una mano; mira al marido con rictus ofendido. El marido comprende que negarse sería abrir la primera grieta en el muro que los une, un muro que han ido construyendo a fuerza de años. Porque haría cualquier cosa por que el muro no se agrietase, acepta.

–Venga, vamos –dice.

La mujer sonríe, lo abraza por la cintura, van hacia la torre, empiezan a subir y no tiene tiempo ni de darse cuenta de esa prueba de amor.

LA SENSATEZ

Cada vez que la mujer juiciosa se acuesta con alguien le cuenta al novio que lo ha hecho no por un ataque circunstancial de lubricidad, sino porque se ha enamorado. No es que tenga que sentirse culpable (al respecto, la mujer y su novio tienen un pacto de lo más claro y elástico), pero si cuando se acuesta con alguien remarca que lo hace enamorada, es como si se sintiese más limpia. En cambio, cada vez que su novio se enrolla con alguien, la mujer considera que lo hace por pura lubricidad, y eso la irrita. No es que se ponga celosa. No. No es celosa en absoluto. Simplemente le molesta que su novio sea tan vulgar, tan carnal. El novio sí que se pone celoso cuando sabe que ella se acuesta con otro. Pero son celos comprensibles: porque ella se enamora. Y si la persona con la cual (más o menos elástico) tienes un pacto de convivencia se enamora de otro, es lógico tener celos.

¿Qué escala aplica la mujer para decidir que sus asuntos de cama son producto del amor y los del novio de la lujuria? El novio dice que una escala muy sencilla: que ella es ella misma (y por lo tanto se lo justifica todo) y él no sólo no es ella, sino que es hombre, con la carga histórica que eso comporta. La mujer lo niega, aunque los años le hayan enseñado que, en general, hombres y mujeres se comportan de manera diferente. Pero no lo dice porque, aunque es una creencia sobre la cual tiene cada vez menos dudas, es generalizadora. Y siempre hay excepciones, aunque nunca se ha visto tan cerca de reconocer que la frase hecha que asegura que todos los hombres son iguales, aun siendo tópica (y por lo tanto repugnante) es, cuando menos parcialmente, cierta: quizá no todos, pero la inmensa mayoría de los hombres sí que son iguales. La mujer juiciosa sabe de qué habla: se ha enamorado de muchos, y todos, indefectiblemente y por mucho que lo adornen, en el fondo ligan con ella llevados por la lubricidad. Lubricidad a la cual ella cede a menudo porque (es forzoso reconocerlo) desde muy pequeña ha sido terriblemente enamoradiza y el amor la embriaga de tal manera que no bien un hombre le pasa el brazo por los hombros, le besa el lóbulo de la oreja y le pone la mano entre las piernas, por más que abra la boca para decir que no, nunca le sale el no y siempre dice que sí.

LA DETERMINACIÓN

Por la tarde, la mujer fatal y el hombre irresistible se encuentran en un café de paredes color ocre. Se miran a los ojos; saben que esta vez será la última. Desde hace semanas, a uno y otra se les viene haciendo evidente la fragilidad del hilo que los ha unido desde hace más de tres años y que los hacía llamarse a todas horas, vivir el uno para el otro; una agitación tal que ni las tardes de domingo eran aburridas. Ahora el hilo está a punto de romperse. Ha llegado el momento de poner en duda el amor que se tienen y, en consecuencia, acabar.

Antes se veían casi todos los días, y cuando no se veían se llamaban por teléfono aunque fuera en mitad de un congreso en Nueva Escocia. En las últimas semanas apenas se han visto tres veces, y los encuentros no han sido alegres. Sin habérselo dicho, los dos saben que el encuentro de hoy es para despedirse irremisiblemente. Han llegado a tal grado de compenetración que a ninguno de los dos le hace falta explicitar que se aburre; los dos se percatan simultáneamente. Se cogen de la mano y recuerdan (cada cual para sí, en silencio) la perfección fornicatoria a que han llegado últimamente: ellos mismos se maravillan. No es extraño que al lado de semejantes acrobacias el resto de sus vidas les parezca insípido. Toman el café, se dicen adiós y se va cada uno por su lado. Ella se ha citado a cenar con un hombre; él se ha citado a cenar con una mujer.

Después de los postres, la mujer fatal tarda una hora y media en irse a la cama con el hombre con el que se ha citado. El hombre irresistible tarda tres en irse a la cama con su acompañante. Ambos se descubren haciéndolo con tanta torpeza que se emocionan. ¡Qué pasividad! ¡Qué impericia! ¡Cuánta ansiedad! ¡Cuánta impaciencia! Les queda por recorrer un camino muy largo antes de llegar con los nuevos amantes a la perfección a la cual han dicho adiós esta tarde, con un café.

LA ADMIRACIÓN

Boquiabierta, la chica escucha al novelista críptico leer un capítulo de su última novela. Cuando
termina, mientras la gente aplaude, ella aprovecha
para situarse en una posición estratégica y, cuando
el novelista sale de la sala, charlando con éste y
aquél y estrechando alguna mano, lo aborda. Le dice
que está muy interesada en lo que hace y que, si
fuese posible, le gustaría conocerlo más a fondo. La
chica es bonita, y al novelista le gustan las chicas
bonitas. Mientras la mira, la chica le sostiene la
mirada y le sonríe. El novelista acepta; se deshace de
los organizadores y van a cenar a un restaurante.

Es un restaurante sencillo, porque el novelista,
aunque es muy bueno (o precisamente porque lo es)
no tiene suficiente éxito comercial como para permitirse restaurantes de lujo. Eso a ella le da lo mismo. Está (se da cuenta mientras lo mira a los ojos)
absolutamente enamorada. Él charla y charla sin
parar, y a ella le gusta lo que le cuenta. Se ríe mucho
y salen del restaurante abrazados. Van a casa de él,

que vive en un último piso sin ascensor («¡Cómo en las películas!», se entusiasma ella) y allí pasan la noche. Al día siguiente vuelven a verse.

Terminan por vivir juntos. Al cabo de cuatro meses, ella queda embarazada. Tienen un niño. El piso se les hace no sólo pequeño, sino demasiado incómodo para criar un hijo. Una noche, el novelista críptico toma una decisión: debe aumentar los ingresos como sea. Las novelas crípticas a duras penas dan nada. Y la suma de lo que cobra él por hacer reseñas de ajedrez en el diario y de lo que cobra ella como dependienta en una perfumería es una miseria.

Por suerte, un amigo (que hace años publicó un par de libros de poesía y ahora es montador de spots) le encuentra un puesto en una agencia de publicidad. Entra como redactor de textos. Ingenio no le ha faltado nunca, y escribir sabe de sobras. Tanto que los directivos lo valoran enseguida. Las cosas mejoran, económica y profesionalmente.

Al fin pueden mudarse. Ella vuelve a quedar embarazada. De tanto en tanto él recuerda la época en que escribía novelas crípticas. Es una época cada vez más lejana. Es una etapa concluida, y en ocasiones le parece imposible haberse dedicado nunca a la novela críptica. No volvería a eso por nada del mundo. Ahora la literatura se le antoja apolillada, un arte de siglos pretéritos. El futuro, el presente, no están en los libros, que ya no lee nadie, sino en los diarios, en la televisión, en la radio. Y la publicidad, porque se prostituye conscientemente, es el arte más excelso. Y en ese arte excelso él está triunfando. Hasta el punto de que tres años después ya tiene agencia propia, y cada día llega a casa totalmente agotado, con el tiempo justo de darles un beso a las nenas antes de tumbarse en el sofá, resoplar y contarle a su mujer, a ritmo de ametralladora, los mil tráfagos del día.

La mujer lo mira con lástima. Sabe que él no echa en falta la época en que escribía novelas crípticas. Sabe que cada día lucha de sol a sol por sacar la casa adelante, que lo hace con alegría y que, además, ha tenido éxito, y eso le satisface. Seguro que él no entendería que ella sintiera lástima, pero es lo que siente. Por eso, cuando se acuestan y él se duerme enseguida, ella sigue con la luz encendida, leyendo una novela. Es una novela enrevesada (es la nueva tendencia; las novelas crípticas ya no se llevan) que ha salido hace dos semanas y que sólo en estas dos semanas se ha convertido en un éxito, un gran éxito dentro del mundo residual de la literatura. Le resulta apasionante, tanto que no piensa perderse la conferencia que mañana por la tarde dará el novelista en un prestigioso centro cultural de la ciudad.

¿POR QUÉ LAS AGUJAS DE LOS RELOJES GIRAN EN EL SENTIDO DE LAS AGUJAS DE LOS RELOJES?

El hombre azul está en el café, moviendo la cucharilla dentro de una taza de poleo. Se le acerca un hombre magenta, de apariencia angustiada.

–Tengo que hablar con usted. ¿Puedo sentarme?

–Siéntese.

–No sé por dónde empezar.

–Por el principio.

–El mes pasado seduje a su mujer.

–¿A mi mujer?

–Sí.

El hombre azul tarda cuatro segundos en contestar.

–¿Por qué viene a contármelo?

–Porque desde ese día no vivo.

–¿Por qué? ¿La quiere tanto que quiere vivir con ella? ¿Ella no lo quiere y eso lo angustia?

–No.

–¿Será remordimiento, quizá?

–No. Lo que pasa es que no me deja vivir. Me llama día y noche. Y si no contesto viene a mi casa.

Y si no estoy me busca por todas partes. Me viene a ver al trabajo, dice que no puede vivir sin mí.

–¿Y?

–He perdido la tranquilidad. Desde que la conocí no he podido quitármela de encima un solo día. ¿Usted no ha notado nada?

–¿Cuándo la conoció?

–Hace un mes y medio. Usted estaba en Roma.

En efecto, hace un mes y medio el hombre azul estuvo en Roma.

–¿Usted cómo sabe que yo estaba en Roma?

–¿No me cree? Me lo dijo ella, cuando la conocí. La conocí en un cursillo de informática.

En efecto, aprovechando que el hombre azul estaba en Roma, la mujer hizo un curso de informática.

–Bueno, ¿y qué quiere?

–Que me ayude a zafarme. No es que su mujer no me guste. Es extraordinaria, inteligente, sensual. ¿Qué voy a decirle? Pero...

–Es muy absorbente.

–¿Verdad que sí? –dice, contento, el hombre magenta al ver que el hombre azul lo comprende.

–Tiene ganas de quitársela de encima.

–Francamente, sí.

–No lo deja en paz ni un momento, ¿no? Si lo ve solo, fumando, tomando el fresco, leyendo el diario, estudiando, mirando el programa de televisión que más le gusta, inmediatamente se le echa encima y empieza a hacerle carantoñas.

—Además, si no estás absolutamente ·pendiente de ella cree que molesta y se pone de esa manera que se pone. Por eso, aunque sé que no tengo ningún derecho, quiero pedirle un favor: hable con ella, móntele una escena de celos, amenácela. Lo que sea. Cualquier cosa con tal de que no nos veamos más.

—¿De veras se la quiere quitar de encima?

—Sí, por favor.

—Nada más fácil. Haga como yo. Deje de rehuirla, no se esconda, sea amable, tierno, considerado. Hágale más caso que ella a usted. Llámela, dígale que la quiere como no ha querido nunca. Prométale que le dedicará la vida entera. Cásense.

LOS CELOS

Tamar pasa una vez más la lengua y, muy lentamente, levanta los ojos hasta encontrar los de Onán.

—Me gusta mucho tu polla.

Está extenuada. Cierra los ojos. Al cabo de un rato se ha dormido, con la cabeza sobre el pubis del hombre, que no para de pensar en ello. «Me gusta mucho tu polla.» «Me gusta mucho tu polla...» ¿Por qué siempre le dice lo mismo? Desde que se conocieron, ¿cuántas veces se lo ha dicho mientras descansan? Innumerables. En cambio, nunca le ha dicho que le gusta mucho su brazo derecho, o los omóplatos. Siempre lo mismo: la polla. A veces, Tamar la sostiene en la palma de la mano y la frase es diferente:

—Tienes una polla preciosa.

Ahora ella duerme y el hombre se ha vuelto de lado. Para hacerlo ha tenido que apartarle la cabeza. Dormitando y todo, todavía se aferra a ella. Qué manía con la polla. ¿Es que, de él, sólo le gusta la polla? Y él, ¿no le gusta? Eso no lo dice nunca. Al principio le había hecho gracia esa dedicación. Era tierna y excitante. Como cuando él le decía: «Me gusta mucho estar dentro de tu coño.» Pero poco a poco la cosa fue cobrando un cariz obsesivo. Es cierto que su polla le gusta mucho. Se lo nota en los ojos, en cómo la observa, en el ritmo de las frases, en la manera de enfatizar la palabra «mucho»: «muuucho».

A la mañana siguiente lo despierta la boca de Tamar, acariciándolo. Onán se aparta, como herido.

—¿Qué haces?

—Me gusta mucho.

—¿Te gusta mucho?

—Sí. —Hay un instante de pausa—. Me gusta mucho tu polla.

Otra vez lo mismo.

—Si no tuviese polla, ¿me querrías igual?

Lo mira de reojo.

—¿Qué te ha pasado?

—¿Qué quieres que me pase? No hablas de nada más que de mi polla.

—De *tu* polla.

—A mí nunca me dices si te gusto.

De un golpe seco, le retira la mano. Tamar se levanta. Está preciosa e indignada.

—Te has vuelto loco.

—Loco no. Pero yo también existo. —Y adrede, para que suene ridículo, agrega en tono agudo—: ¿No te parece?

Tamar se apresura a vestirse. Cierra de un portazo. Los pasos de la mujer resuenan escaleras abajo, cada vez más lejos. Onán se sienta en la cama, se pone la mano derecha debajo del miembro, fláccido, lo levanta un poco y lo contempla, entre exasperado y curioso.

CON EL CORAZÓN EN LA MANO

Se comprometen en fin de año, justo a medianoche, mientras en la ciudad estallan los castillos de fuego y la gente se abraza: en las casas, en las calles, en las salas de fiesta. Para los dos se acaba la época de amistad y comienza el noviazgo que los ha de llevar al matrimonio. ¿Cuándo van a casarse? Lo decidirán más adelante; ahora la emoción es demasiado fuerte. Se miran uno en los ojos del otro y se juran amor y fidelidad eternos. Deciden librarse de los líos más o menos amorosos que cada uno tenía hasta ahora. Se prometen también ser completamente sinceros el uno con el otro; no mentirse nunca.

—Seremos completamente sinceros el uno con el otro. No nos mentiremos nunca, bajo ningún concepto ni con ninguna excusa.

—Una sola mentira sería la muerte de nuestro amor.

Estas promesas los emocionan todavía más. A las dos de la mañana se duermen en el sofá, cansados, uno en brazos del otro.

Se levantan al mediodía, con resaca. Se duchan, se visten, salen a la calle con gafas de sol.

—¿Vamos a comer? —dice él.

—Sí. Por mí poca cosa. Con un par de tapas me basta. Pero tú debes de tener mucha hambre.

Él está a punto de decir que no, que cualquier cosa le va bien, pero recuerda la promesa.

—Sí. Tengo hambre. Pero me conformo con unas tapas. Tú comes un par y yo como más.

—No. Tú debes querer sentarte a una mesa. ¿No prefieres que vayamos a un restaurante?

Han prometido ser completamente sinceros uno con otro. Por tanto no puede decirle lo que le habría dicho: que ya le va bien tomar unas tapas en un bar. Ahora tiene que reconocer que realmente prefiere ir a un restaurante y sentarse a una mesa.

—Pues vamos —dice ella—. ¿Vamos a aquel restaurante japonés donde fuimos hace una semana y que te gustó tanto?

La semana pasada todavía no se habían prometido ser completamente sinceros el uno con el otro. Además, él nunca dijo que el restaurante japonés le hubiese gustado. Lo recuerda con claridad: a instancias de ella, había dicho que el restaurante le había parecido bien, fórmula que no expresaba el entusiasmo que ahora ella pone en su boca.

—Te dije que me había parecido bien, no que me hubiese gustado.

—Es decir: no te gustó.

Tiene que confesárselo:

–Odio la comida japonesa.

Ella lo mira a los ojos, ceñuda:

–Sabes que a mí me gusta mucho.

–Lo sé.

Duda si la promesa lo exige o no, pero como prefiere traicionarla por exceso que por defecto declara el resto de lo que piensa: que precisamente una de las cosas que le disgustan de ella (y que tiene que ver con cierta actitud que ella considera esnob pero que en el fondo no es más que chabacana) es su afición a ir siempre a esos restaurantes que sustituyen la buena cocina por las relaciones públicas. Ella le dice que es un imbécil. Él se ve obligado a decirle que no se siente nada imbécil y que está convencido de que, si hubiese que demostrar quién posee un cerebro más potente, el de ella no saldría ganador. Estas palabras terminan de ofender a la muchacha, que lo abofetea, iracunda, mientras vuelve a decirle que es un imbécil, un imbécil crónico, que lo será toda la vida y que no quiere volver a verlo nunca más, propuesta con la que él está inmediatamente de acuerdo.

LA INESTABILIDAD

Harto de que le arrancaran una y otra vez la radio del coche, el señor Trujillo se hizo instalar una que se podía sacar y poner. Así no se la robarían nunca más.

Salió del taller de reparaciones al volante del coche y escuchando una emisora. Era una buena radio. Cuando llegase a casa y dejase el coche en el aparcamiento comunitario, siempre sacaría la radio, se la metería bajo el brazo y subiría a casa. Lo mismo haría cuando fuese a la oficina. El caso era, pues, que llevaría la radio bajo el brazo muy poco tiempo. Del aparcamiento comunitario a su piso y del aparcamiento de la oficina a la oficina: en ambos casos cortos viajes en ascensor. Por eso no le preocupaba mucho tener que llevarla bajo el brazo. Si hubiese tenido que llevarla por la calle lo habría pensado mejor. Siempre había despreciado a los que van a todas partes con la radio del coche bajo el brazo. Le daba rabia verlos en las barras de los bares con el aparato al lado de la copa. O en las tiendas, arrastrándolo de un mostrador a otro, sin perderlo de vista un instante aunque el dependiente le pusiera encima quince camisas.

Por eso, una semana y media más tarde se detuvo de golpe en medio de la calle y se miró el sobaco. ¿Qué hacía él con la radio del coche bajo el brazo? ¿Cómo era posible que no se hubiese dado cuenta hasta haberse alejado quince metros? Había ido de compras al centro de la ciudad y, luego de dar vueltas y vueltas durante un rato exasperante sin encontrar dónde aparcar, cuando al fin había encontrado un sitio, había sacado la radio de manera mecánica. La tensión acumulada por la dificultad de encontrar aparcamiento le había llevado a que el cerebro, autónomo, considerase (por un instante) que esa reticencia suya a andar por la calle con la radio bajo el brazo era una tontería. Por eso no se había percatado hasta quince metros más allá. Se sentía ridículo. Volvió atrás, abrió el coche, se sentó con la radio en las manos. ¿Dónde podía dejarla? ¿Debajo del asiento? Tal vez el posible ladrón la viese por las ventanillas de atrás. ¿En la guantera? Echó una mirada a la calle para ver si había alguien observándolo. Nadie. Abrió la guantera, metió la radio dentro y la cerró de nuevo. Bajó del coche. Se aseguró de que la puerta estaba bien cerrada y fue a la primera tienda. Compró un par de zapatos verdes.

Cuando, tres cuartos de hora después, volvió cargado de bolsas se encontró con que le habían roto el vidrio de la ventanilla izquierda y le habían robado la radio.

Al día siguiente regresó al taller de reparaciones. Hizo que le volviesen a poner el vidrio de la ventanilla y otra radio. Por la tarde pasó a recoger el coche y volvió a casa con dudas. ¿Qué haría de ahora en adelante? Si sólo se trataba de ir a casa o a la oficina, no había problema: llevaría la radio puesta y, al llegar, la sacaría para subirla a casa o a la oficina. Pero si iba a cualquier otro lado (de compras, al restaurante) no la dejaría en el coche, porque si la dejaba se la robarían.

Por eso, a la noche siguiente se encontró circulando en coche sin radio. Cosa que odiaba. Le gustaba mucho oír música mientras conducía. Además, ¿para qué se había hecho poner una radio si a fin de cuentas tenía que dejarla en casa? Decidió que, mientras no resolviese el dilema, dejaría el coche en el aparcamiento y circularía en taxi.

Precisamente en un taxi, cinco días más tarde, llegó a la conclusión de que era idiota gastarse una fortuna diaria en taxis mientras el coche se quedaba en el aparcamiento, acumulando polvo. Pensó en venderlo. Pero enseguida descartó la idea: sólo era fruto de su indignación y, por tanto, desmesurada. Tenía que haber una solución que quizá la angustia le impedía encontrar. Por el momento haría una cosa: como le reventaba tomar taxis teniendo el coche en el aparcamiento (para no tener que coger el coche sin la radio, ni con la radio si luego tenía que llevarla encima) se quedaría en casa, sin salir. Además, en caso de necesidad imperiosa, le quedaba la posibilidad de ir a pie al bar, a la tienda o al restaurante donde fuera que quisiese ir. Esta determinación, no obstante, le limitaba mucho el campo de acción. A menos que aceptase tardar tres horas para ir a un lugar y tres horas para volver.

Al octavo día de quedarse en casa todas las noches, aburriéndose, sacó el televisor del cuarto de los trastos, donde lo había dejado unas semanas antes, cuando había empezado a salir con aquella chica que consideraba que no ver la tele volvía a estar bien. Le quitó el polvo. Lo enchufó. Daban una película con Jean-Louis Trintignant. Al cuarto de hora la pantalla se puso magenta. Apagó el televisor. Lo desenchufó, volvió a dejarlo en el cuarto de los trastos. Cogió la americana, salió a la calle, caminó hasta un bazar que había tres calles más allá, compró un televisor (de pantalla rectangular, enorme), volvió a casa acompañado del instalador, lo conectó (el televisor) y buscó el canal donde daban la película de Jean-Louis Trintignant.

Cuando terminó la película pasaron un telefilm cuyo protagonista era el hijo de un policía que, sin que el padre se diera cuenta, lo ayudaba a resolver los casos. Después las noticias. Después un concurso de adivinar palabras. Para participar, previamente había que enviar una etiqueta de una conocida marca de conservas vegetales en un sobre con el nombre, la dirección y el teléfono. De una pila sacaban un sobre. Si era el tuyo, te telefoneaban y tenías que responder (en directo) a una pregunta sencillita. Si acertabas podías participar en el juego y tratar de adivinar, letra a letra, qué palabra formaban los cuadrados en blanco que había en un plafón. Cada cuadrado, una letra y una foto. Las fotos: de diversas cantidades de dinero, de un apartamento en la costa, de un lote de electrodomésticos, de un templo de Bangkok, de una cámara de vídeo, de una bicicleta, de un coche y de una playa caribeña. Cada una indicaba el premio obtenido. Cuanto más fácil la letra, más bajo el premio. Cuanto menos habitual, el premio más importante. Si el concursante optaba por vocales o consonantes fáciles, poca cosa sacaría. Si para conseguir premios altos decía letras poco corrientes, probablemente no acertaría y se quedaría sin completar la palabra, lo cual le impediría conseguir todos los premios posibles.

Al día siguiente compró un frasco de conservas vegetales de la marca requerida, recortó la etiqueta y la envió. Una semana más tarde vio cómo sacaban su carta. En seguida le telefonearon. Le hicieron la pregunta sencillita. ¿De cuál de los siguientes productos la marca patrocinadora no hacía conservas: de guisantes, de judías verdes, de atún o de zanahorias? Respondió correctamente: de atún. Pasaron el plafón con la palabra misteriosa. El señor Trujillo fue diciendo letras. Completó la palabra: «inestabilidad». En las aes había fajos de veinticinco mil pesetas. En las íes fajos de cincuenta mil. En las des fajos de cien mil, y en la te un fajo de ciento veinticinco mil. En la ese un televisor con teletexto y en la ene un apartamento en la costa.

El apartamento estaba en una casa de tres pisos, con jardín comunitario. El vecino del piso de abajo era un holandés calvo que se pasaba el día cuidando las flores, uno de esos jubilados nórdicos que deciden pasar sus últimos años de vida en un país cálido y barato, donde el dinero de la jubilación se alarga con facilidad. Los vecinos del piso de arriba eran una pareja. A menudo se los encontraba en la escalera, o los oía moverse por el piso. Llegaban los sábados por la mañana y se iban los domingos por la tarde. El señor Trujillo iba todos los fines de semana. Salía de la ciudad el viernes por la tarde (con el coche y la radio encendida) y volvía el domingo, cuando oscurecía.

Un sábado los vecinos de arriba lo invitaron a cenar. Aceptó. Ella se llamaba Raquel. Él, Bplzznt. Cenaron aguacates con gambas y salsa rosa y rosbif con salsa marrón. Bebieron dos botellas de vino. El matrimonio bailó. Después, mientras Bplzznt preparaba unos whiskies, Raquel, riéndose, obligó al señor Trujillo a que bailase con ella. La cercanía de la mujer lo excitó. Acabada la canción, se sentó en el sofá. La pareja también se sentó. Le contaron de qué trabajaban, cuánto hacía que estaban casados. Querían tener muchos niños. El señor Trujillo se fue a la una de la madrugada. Se durmió oyendo cómo la pareja charlaba durante un buen rato.

Al día siguiente al mediodía llamaron a la puerta. Eran Raquel y Bplzznt, que se iban a la playa. Lo invitaron a unírseles. Como no tenía nada que hacer, aceptó. Fueron a una cala que conocían Raquel y Bplzznt, escondida y con tres rocas grandes en el agua, equidistantes. En la cala no había nadie más. Se tumbaron en las toallas. La pareja fue a bañarse. Se alejaron hasta una de las rocas, unos cien metros mar adentro. El señor Trujillo se adormiló. Lo despertaron unos gritos. Se levantó. A pocos metros de la roca, Raquel agitaba los brazos pidiendo auxilio. El señor Trujillo se tiró al agua. No era muy buen nadador. Cuando llegó se sentía agotado, pero se unió a los esfuerzos de Raquel para encontrar a Bplzznt. Infructuosos. De vuelta en la playa, Raquel le contó entre sollozos que Bplzznt había empezado a nadar hacia otra roca y a medio camino había empezado a pedir ayuda. Seguramente un calambre.

La policía encontró el cadáver unas horas más tarde. Lo enterraron dos días después. Durante tres fines de semana la mujer no fue al apartamento. Al cuarto sí. Cuando oyó pasos en el piso de arriba, el señor Trujillo subió. La mujer se le echó a los brazos y estalló en llanto. La cercanía de la mujer lo excitaba. De las caricias en el pelo para consolarla pasó a los besos. Se sentaron en el sofá cogidos de las manos. De vez en cuando, ahora uno ahora otro soltaba una de las manos, cogía el pañuelo y se secaba las lágrimas. Aquella misma noche decidieron casarse. Se casaron el viernes siguiente. Una vez casados, decidieron vender uno de los dos apartamentos. Se deshicieron del del señor Trujillo, porque si se deshacían del de Raquel para ocupar el del señor Trujillo podía pasarles que los nuevos vecinos de arriba fuesen ruidosos. Con el dinero que obtuvieron acondicionaron el piso que el señor Trujillo tenía en la ciudad. Dos años más tarde tuvieron un niño. Le pusieron Bplzznt, en recuerdo del marido muerto. Al cabo de un año tuvieron una niña. ¡La parejita! Le pusieron Clara, que era el nombre de la madre del señor Trujillo. El tercer hijo (dos años después) también fue niña. Le pusieron Chachachá.

Todas las mañanas de días laborables, antes de ir a la oficina, el señor Trujillo coge la cartera y al niño con una mano y a las niñas con la otra y los lleva a la escuela. Ahora Bplzznt ya tiene seis años, Clara cinco y Chachachá tres. Primero deja al niño en primero de básica. Después a la niña mayor en el parvulario y a la pequeña en la guardería. A continuación, el señor Trujillo baja la escalera, saluda a algún padre o alguna madre que se encuentra por el camino, le hace cosquillas en la cabeza a algún niño que conoce y se va hacia el aparcamiento. Se sienta en el coche y saca la radio de la cartera: se la ha comprado, la cartera, para llevar la radio escondida cuando lleva a los niños al colegio. Encaja la radio en su lugar, la enciende, sintoniza una emisora, se cubre la cara con las dos manos y, con todas las fuerzas de que es capaz, intenta llorar, pero nunca lo consigue.

SAN VALENTÍN

El hombre que no se enamora nunca sale del museo y se sienta en un banco de la plaza que hay enfrente. En el museo, mirando un dibujo de Manolo Hugué ha conocido a una mujer de ojos limpios, profundos y con un punto de malicia, y ha pensado que de esa mujer quizá podría enamorarse. También ha pensado que no son sólo los ojos limpios y el punto de malicia lo que le gusta de ella. Es también la forma de hablar. En todo el rato que han estado hablando, en el museo, no ha dicho una sola obviedad ni ha recitado ningún dogma aprendido de memoria. Por eso, después de que se despidieran la ha seguido, a distancia, hasta que la ha visto entrar en un portal; ahora está esperando.

Desde muy pequeño, el hombre que no se enamora nunca intuyó que encontrar a la mujer soñada no iba a ser cosa fácil. Ya de bebé miraba con deseo las piernas con calcetines blancos de la canguro, y en su interior algo le decía que el camino sería agreste. Sobre todo porque no tenía una idea clara de cómo tenía que ser la mujer soñada, ni si (en realidad) habría una. No tenía preferencias. No la imaginaba ni alta ni baja, ni rubia ni morena. Tampoco suspiraba porque fuese especialmente inteligente, ni boba, como quieren algunos. A los cinco años se enamoró de la hija de los de la papelería de cerca de su casa, donde compraba los lápices, las gomas, las plumas, las plumillas, la tinta y los cuadernos de espiral. Como es evidente, no le dijo nada. Fue un amor secreto que le hacía pasar las noches en vela, revolviéndose en la cama y con la imagen de la librera en la retina: aquellos ojos limpios, con un punto de malicia. Todavía hoy, cuando piensa en la mujer de quien podría enamorarse, piensa en aquellos ojos limpios y con un punto de malicia. Un día, no obstante, los de la papelería se la vendieron, se fueron de la ciudad y nunca más supo nada de ellos. La añoraba. Al extremo de lamentar más no saber nada de ella que tenerla delante y no atreverse a declarársele. No se volvió a enamorar hasta los ocho años. Él lo ignoraba, pero iba a ser la última vez que se enamorase. Se enamoró de una amiga de su hermana mayor, que a menudo iba a su casa a jugar. Se sentía culpable de haberse enamorado: le parecía una traición a la de la papelería. La amiga de su hermana debía de andar por los doce y él, un niño de ocho, no tenía ninguna posibilidad. A lo mejor cuando fuera mayor y las distancias que ahora parecían abismales se relativizaran... Después, los años pasaron a cien por hora, cada vez más deprisa.

Ahora ya tiene diecinueve. Desde hace un año es mayor de edad. Un año más y tendrá veinte. ¡Veinte! Jamás habría pensado que iba a llegar, él, que entre los doce y los catorce había hecho una mística del hecho de morir antes de los veinte: en accidente de coche o de moto, o cuando menos suicidándose. La duda es: ¿no se volverá a enamorar nunca más? Hace ya dos lustros que no se enamora de nadie y empieza a echar de menos las noches en blanco, las vueltas en la cama con la imagen de la amada en la retina. Tal vez hacerse adulto sea precisamente eso. En definitiva, cavila, enamorarse es una muestra de inmadurez, una señal de que uno no es lo bastante independiente. Lo que no entiende es cómo echa de menos algo racionalmente tan nefasto. ¿Cómo es que se siente vacío? ¿Por qué no se ha enamorado de Marta, esa chica que conoció en la clase de dibujo? Virtudes no le faltan. Tampoco defectos. Son defectos perdonables. Como todos los defectos: al fin y al cabo todos los defectos se pueden perdonar. Es lo que pensó cuando decidió romper con ella. Pero ¿por qué perdonar los de Marta y no los de cualquier otra? Si tiene que querer a alguien, si querer es realmente lo que supone, no pueden irritarlo defectos nimios. Y los defectos de Marta lo irritan. Es arrogante y obsesiva. Claro que es cálida, comprensiva, acogedora. Pero también Neus es cálida, comprensiva y acogedora. En cambio Neus tiene el inconveniente de ser demasiado banal, de no haber tenido nunca un solo pensamiento original. Este inconveniente lo completa con el de (por inseguridad) mostrarse agresiva. Ese tipo de agresividad típica de los que frecuentan discotecas y, en poco tiempo y con la música a todo volumen, tienen que demostrar que son *interesantes*. La imagen de *interesantes* la construyen a fuerza de frases cortantes, prefabricadas, siempre a punto para ser colocadas en donde sea. ¿Y Tessa? Tessa es inteligente, ingeniosa, divertida. Y se compenetran. Les basta mirarse de una punta a otra de una mesa de restaurante para saber, sin decirse nada, qué piensan, de quién se burlan. Además, en la cama se entienden de maravilla. Pero en cambio es una niña malcriada, que se enfada cuando se le niega un capricho. Además, es perezosa y se pasa el día estirada en el sofá, fumando lánguidamente un cigarrillo que no se acaba nunca. Todo lo contrario de Anna, que siempre está haciendo algo. Es una dinamo que contagia ganas de vivir. Pero ¿cuál es el defecto de Anna? Que es posesiva como ninguna mujer que haya conocido, que los meses que han salido lo ha controlado día y noche, que siempre ponía en duda que él la quisiera tanto como ella a él. Y es verdad. Porque él no ha conseguido quererla por más que lo ha intentado. La aprecia, le gusta. Pero quererla, quererla... Y no es que busque ideales inalcanzables. No es tan imbécil como para creer que encontrará a alguien sin defectos. Si de veras se quiere a alguien, los defectos se guardan en un cajón para no echarlos en cara a cada momento. Ha intentado quererla. Lo mismo que ha intentado querer a Tessa, Neus y Marta. Daría la vida por enamorarse de cualquiera de ellas. Porque de cualquiera de ellas valdría la pena enamorarse; si no fuera porque, por más que lo intenta, no lo consigue. ¿Por qué no puede ser como todo el mundo? Sefa (otra chica digna de despertar el amor de cualquiera con dos dedos de frente) le dice que seguro que es un trauma de infancia. Que es como es porque ni su madre ni su padre debieron de demostrarle suficiente amor. Otra opinión original es la de Cuqui, que el último día, antes del adiós final, le dijo que lo que le pasa es que no puede querer a nadie porque sólo se quiere a sí mismo. Porque es un egoísta indigno del amor de las mujeres que se enamoran de él. Ah, ¡qué gran conclusión, si fuese del todo cierta! Y ésa es otra: muchas mujeres se enamoran de él. No acaba de entenderlo. ¿Por qué todas se enamoran con esa pasión desmesurada? ¿Por qué él es incapaz de enamorarse, en justa correspondencia, de ninguna de ellas?

Mientras medita esto, el hombre que no se enamora nunca ve que la chica que ha conocido en el museo sale del portal y dobla por una calle. Él se levanta de un salto. La sigue. Cuanto más la mira caminar delante de él, más le gusta, y por lo que ha notado en el museo, él a ella no le disgusta. ¿Y si esta vez fuese de verdad? Está justo detrás de ella; la tiene al alcance de la mano. Bastaría con tocarle el hombro para que se volviese.

LA EUFORIA DE LOS TROYANOS

El hombre que durante la infancia tuvo cierta fe religiosa no es haragán. Le cuesta poco despegarse de las sábanas, desperezarse, dar un salto y salir corriendo por el pasillo, hacia el lavabo, levantando exageradamente las rodillas, como los futbolistas cuando se entrenan. Se afeita. El olor del aftershave le reafirma la fe en la vida. Se viste, cierra la puerta de su casa, entra en el ascensor silbando, sale en la planta baja, por la calle esquiva a la gente y entra en una estación de metro que está a dos pasos. Mete la tarjeta en una de las bocas del cancelador, la recoge en la otra boca, pasa por el molinete; mientras baja las escaleras oye que el metro arranca y un río de gente inunda las escaleras de subida: tanto las mecánicas como las fijas. Aprovecha para, en el andén, mirar los carteles de cine. Llega un nuevo metro. Se abren las puertas, entra, se coge a la barra y observa la cara de un hombre con los párpados hinchados y cerrados. Desvía la mirada y la fija en un niño que lo mira a él, muy serio.

El hombre que en la infancia tuvo cierta fe religiosa sonríe al niño. El niño le saca la lengua. El hombre, que además de tener cierta fe religiosa durante la infancia tuvo interés por las matemáticas, se ríe. Aparece el revisor pidiendo los billetes. El hombre que en la infancia se interesó por las matemáticas se asombra de que todavía haya revisores. Hacía años que no veía ninguno. Lo piensa mientras se revuelve los bolsillos, buscando la tarjeta que ha marcado. No la encuentra. Ni en el bolsillo interior de la americana (que es donde debería estar) ni en los exteriores, ni en los del pantalón. No está en ninguna parte; el revisor se impacienta.

El hombre que en la infancia se había interesado tanto por las matemáticas como por la religión saca la cartera del bolsillo y la abre, si bien no recuerda haber guardado la tarjeta allí. En efecto, no está. Debe de haberla perdido. Eso es lo que le dice al revisor: «La debo de haber perdido.» El revisor lo multa. El hombre que, además de interesarse por la religión y las matemáticas, en la infancia tuvo problemas de inadaptación, paga la multa, sale a la calle, sube a la oficina. Se quita la americana, se sienta ante el escritorio pensando aún en el revisor y en la nostalgia (agradable) que le ha causado comprobar que todavía los hay. Mira la pila de carpetas que se amontonan delante de él. Abre la primera y se aplica al trabajo.

Ocho horas más tarde levanta la cabeza, se despega de la silla, se pone la americana, sale a la calle y vuelve al metro. Llega a su casa; su hijo menor sale a recibirlo llorando. Se le abraza a la cintura. El perro se ha muerto; al niño las lágrimas le inundan las mejillas. El hombre que en la infancia tuvo ciertos problemas de inadaptación se agacha, abraza al hijo y trata de consolarlo. Le dice que el perro era muy viejo, que comprarán otro, tan bonito como el que se ha muerto. Cuando su hija llega de clase de inglés, procura darle la noticia de la manera más delicada posible. Cuando los dos se han acostado y él y su mujer se sientan en el sofá, frente a la tele, coge mano de la mujer y le dice que es con estas pequeñas desgracias como los niños se van haciendo adultos.

La mujer se bebe una ginebra doble. El hombre que, además de ciertos problemas de inadaptación, de joven tuvo una cazadora de piel que todavía recuerda, cuando ve a su mujer bebiéndose una ginebra doble le dan ganas de salir a tomar una copa. Le propone llamar a la canguro y salir los dos. La mujer vuelve a llenar el vaso de ginebra y le dice que vaya él; ella no tiene ganas de salir.

Así pues, sale. Va al bar de siempre. Está dos horas, bebiendo, hablando, flirteando. Se marcha cuando cierran. Una mujer conocida sale al mismo tiempo que él. El hombre que tuvo una cazadora que todavía recuerda le pregunta si quiere que la lleve. Ella le dice que no porque ha traído el coche. Cada cual se sube al suyo y arrancan. Un par de calles más allá se encuentran ante un semáforo en rojo, uno al lado del otro. Se miran por la ventanilla. Sonríen. El semáforo se pone verde. Vuelven a avanzar. En cada semáforo en rojo vuelven a encontrarse y se sonríen.

El hombre que de joven tuvo una cazadora que todavía recuerda mira a la mujer con falsos ojos enamorados. Es una técnica que, dice, le da buenos resultados. Pero en uno de los semáforos en rojo se distrae al mirarla, no frena a tiempo y choca con el coche de delante, cuyo conductor se baja indignado, agitando los brazos. El hombre que de joven, además de haber tenido una cazadora que todavía recuerda, en el último año de bachillerato fue a Mallorca en viaje de fin de curso, también se baja del coche, con una sonrisa conciliadora en los labios, mientras ve cómo la mujer se aleja, riéndose y diciéndole adiós con el brazo.

El golpe ha sido flojo. Los coches están un poco abollados y nada más. Habría podido ser peor. Llenan el informe para la aseguradora e intercambian nombres y teléfonos. Al día siguiente, el hombre que en el último año del bachillerato fue a Mallorca en viaje de fin de curso se apresura a llevar el coche al taller. Sólo falta una semana para las vacaciones y tiene que tenerlo a punto. Le dicen que lo pase a recoger dentro de dos días. Dos días más tarde llama al mecánico: a ver si lo tiene a punto. El mecánico le dice que tiene que hablar con él personalmente. Que pase por allí. Pasa: el taller se ha incendiado y los tres coches que había dentro se han quemado. Uno de los tres era el suyo.

Sale del taller perplejo. Piensa en alquilar un coche para irse de vacaciones. Pero su mujer no está de acuerdo: cree que ha sido un mal presagio. El corazón le dice que si alquilan un coche tendrán un accidente mortal. Pero también le dice que de igual manera lo tendrán si viajan en avión, en tren o en autobús. El hombre que fue de viaje de fin de curso a Mallorca cree relativamente en las sensaciones premonitorias de su mujer, pero no tiene ganas de discutir. Deciden que ese año no irán de vacaciones para evitar que las premoniciones se cumplan. Un mes entero encerrados en el piso, sin ir a ninguna parte y con los dos niños, les provoca claustrofobia; las tensiones que hay entre los dos desde hace tiempo estallan. De repente todo es fastidioso; discuten por minucias. La ira se apodera de ellos. Un día la mujer levanta la mano y abofetea al hombre. El hombre le devuelve la bofetada. De inmediato se apaciguan. Coinciden en que así no pueden continuar. Deciden separarse.

Se separan a comienzos de otoño. Él hace las maletas y se va a un piso (pequeño) que ha alquilado. Lo amuebla enseguida. Pide un crédito para el sofá, el vídeo, la nevera, las mesas, las sillas, las camas. Está contento: el coche (le han dicho que probablemente los de la aseguradora no lo considerarán siniestro total y se lo podrán arreglar) se lo ha quedado él. El hombre que, además de haber ido en viaje de fin de curso del último año de bachillerato a Mallorca, de adolescente se probaba los sostenes de su madre frente al espejo del armario, no hace más que pensar en lo acertado de su decisión de separarse. Lo maravilla que (pese a todas las evidencias en contra) la funesta costumbre de aparejarse y convivir persevere a lo largo de los siglos.

Todo esto lo piensa mientras sube las escaleras de unos grandes almacenes adonde ha ido a comprarse ropa. En la sección de camisas conoce a una chica encantadora. Se sienten inmediatamente atraídos el uno por el otro. Tres horas más tarde, en una cafetería de la Diagonal, el hombre que de adolescente se probaba los sostenes de su madre le propone ir a su casa (la de él). Van. La chica se ofrece a preparar ella misma los whiskies. Follan. Terminan enseguida. Al hombre le parece que no ha sido un polvo especialmente maravilloso. Pero ya se sabe que con frecuencia los primeros no son muy logrados; por eso hay que dejar la puerta abierta a la esperanza. Se duerme. Cuando al día siguiente se despierta, a media mañana, la casa está vacía: se han llevado (no ha podido llevárselos ella sola), el dinero, las tarjetas de crédito, el televisor, el vídeo, el sofá, las sillas, las mesas, la nevera y hasta las botellas de whisky.

Una semana más tarde, mientras se ducha, se descubre en el glande un grano enorme, de un blanco amarillento. Va al médico, que le receta abstinencia durante un tiempo prudencial que oscilará entre cuatro meses y un año, unas inyecciones y una pomada. Está en casa, en el cuarto de baño, poniéndose la pomada; suena el teléfono. Llaman de la aseguradora del coche: hechas las evaluaciones necesarias, han decidido que el siniestro ha sido total y por tal motivo le darán el ochenta por ciento del valor venal, una miseria que da como entrada de un coche de segunda mano, que acabará de pagar con letras mensuales, durante tres años, y con el cual dos días después tendrá un accidente en la autopista. Lo ingresan en el hospital, lo operan de inmediato, le amputan el brazo derecho. El hombre que, además de probarse ante el espejo del armario los sostenes de su madre, tuvo su primera novia a los quince años, vende el coche a un precio irrisorio para obtener el dinero necesario para ponerse una prótesis. Una vez vendido el coche y hechas las pruebas pertinentes, el dinero que ha sacado apenas le sirve para pagar las pruebas necesarias para decidir qué brazo ortopédico le conviene, brazo que queda, pues, fuera de su alcance económico.

A partir de ese momento los hechos se precipitan. Cuando vuelve al trabajo se encuentra con un reajuste de plantilla, provocado por la crisis económica que se viene arrastrando desde hace años pero que desde hace uno se manifiesta cada vez más claramente. Lo despiden: le aseguran que el despido nada tiene que ver con la pérdida del brazo, pero hasta él (que daría el otro brazo porque fuese verdad) se da cuenta de que no lo dicen muy convencidos. El hombre que tuvo su primera novia a los quince años intenta apreciar la cara buena de la situación: durante unos meses cobrará el paro. No se alegra porque va a poder gandulear. Se alegra porque así tendrá el tiempo necesario para rehacer su vida.

Llama a su mujer. Ahora que tiene tiempo libre querría ver más a sus hijos (la niña y el pequeño), a los que francamente no ha dedicado todo el tiempo que hubiera sido deseable. Su hija le dice que no quiere verlo más, que lo repudia. El hombre que tuvo su primera novia a los quince años y cobró su primer sueldo a los dieciséis cuelga el teléfono; por la mejilla le resbala una lágrima. El hombre mira por la ventana: hay un grupo de policías cargando contra un grupo de manifestantes.

La segunda vez que va a cobrar el paro le dicen que el paro se ha acabado. La situación económica y política no permite la beneficencia pública. El hombre que cobró su primer sueldo a los dieciséis años se encuentra con que no puede pagar el alquiler del piso y tiene que abandonarlo. Vive de lo que le da la gente en el metro. Elige siempre los vagones más llenos. Entra y, con dignidad, se quita la boina (se ha procurado una; es imprescindible) y recita: «Señoras y señores, perdonen que les moleste un instante. Soy manco, padre de familia, con mujer y dos hijos: una niña y un niño pequeño. Acabo de salir de la cárcel y apelo a su caridad para no tener que robar de nuevo. Si es triste verse obligado a pedir, más lo es tener que robar lo que los demás han ganado con el duro trabajo diario. Lo que sea me va bien, gracias.» Alarga la boina y va pasando por delante de los pasajeros. Hasta que un día encuentra uno que, conmovido, le habla de una asociación de inválidos que se dedica a vender una lotería. Él es uno de los principales impulsores y hará las gestiones necesarias para que lo admitan. Esto pasa por la mañana. Por la tarde ya lo han admitido.

Al hombre que cobró su primer sueldo a los dieciséis años le asignan un puestecito en una calle, cerca de un chanflán, por donde pasan muchos coches y poca gente. Por eso se las ingenia para (a la manera de ciertos restaurantes de comida rápida, que sirven a los clientes sin que tengan que bajar del coche) orientar el puestecito hacia los conductores y venderles los cupones sin que tengan que bajar del coche. Los automovilistas paran junto a la acera y, al volante, compran el cupón. Es un éxito total. Él se pone justo al borde de la acera, entre dos contenedores de basura, con los cupones prendidos a la camisa con pinzas de tender. Los autos pasan casi rozándole. Algunos se paran. Hay quien se queja porque el lugar donde está hace que los coches se paren en un carril donde no está permitido pararse. Pero como al poco tiempo racionan la gasolina, pronto empiezan a circular muchos menos coches y los que circulan no tienen ganas de complicarse la vida.

Pronto no circula ninguno; sólo tanques. El hombre que, además de haber tenido su primera novia a los quince años y cobrado su primer sueldo a los dieciséis, no acabó un master de empresariales sigue con el puestecito, esperanzado, hasta que un tanque conducido por un soldado bromista se lo aplasta. Ahora sí que el hombre que no acabó un master se indigna, pero la sensatez lo lleva a decidirse por el disimulo cuando se entera (por una mujer que pasa corriendo, pegada a la pared) que a las ocho y media de la mañana ha estallado la guerra. ¡La guerra!

Como es manco no lo reclutan. Eso sí: vive en la indigencia, se alimenta de los restos comestibles que encuentra en los contenedores de basura de los barrios altos (si tiene la suerte de que antes no haya pasado otro en su misma situación) y duerme en las bocas de metro. En el metro, ahora es inútil pedir limosna porque todo el mundo está igual y nadie da nada. Los meses pasan como si fueran años y un día (casi como para dar la razón a quienes dicen que el momento más oscuro siempre precede al alba) termina la guerra. Como siempre, ganan los otros, que evidentemente ocupan el país e imponen costumbres nuevas. El hombre que no terminó un master de empresariales y, además, durante tres años jugó regularmente a fútbol sala con sus compañeros de trabajo, se alegra. La guerra ha terminado y, haya ganado quien haya ganado, es la mejor noticia posible.

Sin embargo, muchos de sus conciudadanos no piensan como él. Antes, dicen, al menos tenían la esperanza de que un día se acabaría la guerra. Ahora, como ya ha terminado, no les queda ni siquiera esa esperanza. La desesperación es tan grande que abundan los suicidios. De las azoteas y de los balcones de las casas se lanzan hombres a la calle, vestidos y con sombrero. Bajo las ruedas de los trenes y de los tranvías se tiran las madres con las hijas cogidas de la mano. Los viejos eligen el gas. Los tímidos se atan al cuello una piedra grande y se arrojan al mar. Los estudiantes de bachillerato meten los dedos en los enchufes, intentando electrocutarse. El hombre que durante tres años jugó regularmente con los compañeros de trabajo sufre cada vez que tropieza con un suicida o ve que se abre un balcón y alguien se tira. Si pudiese correr y salvarlos... Pero los cuerpos caen a gran velocidad y cuando él llega ya se han reventado en el suelo. Si pudiese decirles que es cuestión de no descorazonarse, de no dejarse vencer por la adversidad... Si se hace frente al infortunio, el viento siempre sopla a favor.

Por eso, cuando el hombre que, además de haber jugado regularmente a fútbol sala durante tres años con sus compañeros de trabajo, siempre se saltaba las páginas de economía de los diarios se ve ante la posibilidad de salvar a un suicida no lo duda ni un segundo. Como docenas de veces antes, oye los gritos que lanza la gente cuando alguien se tira o está a punto de tirarse por la ventana. Pero esta vez la ventana no está lejos, sino en el mismo edificio junto al cual él guarda sus pertenencias en una caja de cartón. Alza los ojos al cielo y ve a una mujer que abandona el antepecho de una ventana del piso veintisiete. Sin pensarlo un instante, calcula la vertical de caída y se pone debajo, con los brazos abiertos para recogerla. Del impacto, el hombre que siempre se saltaba las páginas de economía de los diarios queda aplastado en el suelo como un chicle sanguinolento. La mujer, que contra su voluntad se ha salvado, lo maldice y, loca de rabia y de frustración, salta sobre el cadáver, y eso hace que el alma inmortal del hombre que, además de no leer las páginas de economía de los diarios, antes de casarse todas las semanas se gastaba dos o tres mil pesetas en lotería se apresure a abandonar el cuerpo mortal y se eleve, atraviese la capa de cirrocúmulos que cubre la ciudad, atraviese la estratosfera, la ionosfera y la exosfera, llegue al espacio exterior, salga del sistema solar, de la galaxia y, unos cuantos años luz más allá, se pare y, mientras esquiva meteoritos, busque infructuosamente un lugar donde reposar.

ENTRE LAS DOCE Y LA UNA

El hombre da una calada y descuelga el auricular.

–¿Dígame?

–Hola. –Es una voz de mujer–. Soy yo.

El hombre endereza el espinazo. Aplasta el cigarrillo contra el cenicero que hay al lado del teléfono. Habla en voz baja:

–Te he dicho mil veces que no me llames nunca a casa.

–Es que...

–Te he dicho que me llames siempre al despacho.

–¿Puedes hablar?

–Claro que no. Ya te imaginarás.

–¿Dónde está... ella?

–En el dormitorio.

–¿Nos..., te oye?

–No. Pero puede entrar en cualquier momento.

–Perdóname. Lo siento. Pero es que necesitaba llamarte ahora. No podía esperar hasta mañana, en el trabajo.

Hay una pausa. Es el hombre quien la rompe.

−¿Por qué?

−Porque esta situación me hace sufrir mucho.

−¿Qué situación?

−La nuestra. ¿Cuál va a ser?

−Pero... A ver si nos entendemos...

−¡No! No. No digas nada. No hace falta. −Intenta ser irónica y no lo consigue−. Podría oírte.

−Ahora no me oye. Escucha...

−Creo que ha llegado el momento de tomar una decisión.

−¿Qué decisión?

−¿No te la imaginas?

−No tengo ganas de jugar a las adivinanzas, Maria.

−Tengo que elegir. Entre tú y él.

−¿Y?

−Y como tú no me puedes dar todo lo que quiero... No nos engañemos: para ti yo nunca seré nada más que... −Respira hondo. A lo lejos se oye una ambulancia−. No quieres dejarla ¿verdad? No sé ni por qué te lo pregunto. Ya conozco la respuesta.

−¿Qué es todo ese ruido?

−Te llamo desde una cabina.

−Hemos hablado de esto mil veces. Siempre he sido sincero contigo. Nunca te he escondido cómo estaban las cosas. Tú y yo nos caemos bien, ¿no? Pues...

−Pero yo estoy muy colgada de ti. Tú ya sé que no lo estás nada de mí.

–Siempre te he dicho que no quiero hacerte ningún daño. Nunca te he prometido nada. ¿Alguna vez te he prometido algo?

–No.

–Tienes que ser tú quien decida qué debemos hacer.

–Sí.

–¿Te he dicho o no te he dicho siempre que tienes que ser tú quien decida qué debemos hacer?

–Sí. Por eso te llamo. Porque ya he tomado una decisión.

–Siempre he jugado limpio contigo. –Se detiene–. ¿Qué decisión has tomado?

–He decidido... dejar de verte.

La mujer lo dice y se echa a llorar. Llora durante un buen rato. Poco a poco los sollozos disminuyen. El hombre aprovecha para hablar.

–Lo siento. Pero si realmente esto es lo que...

La mujer lo interrumpe:

–¿Pero no entiendes que no quiero dejaaar de veerteee?

Cuando el hombre deja de oír el llanto, habla:

–Maria...

–No. –Se suena–. Prefiero que no digas nada.

De golpe el hombre sube el tono de voz.

–Hombre, yo más bien elegiría un coche que te asegurase mejor rendimiento.

–¿Qué?

–Sobre todo si tienes que hacer tantos kilómetros. –Se para un momento–. Sí. –Hace otra pausa−. Sí, ya lo entiendo. Yo, claro, en eso no sé qué aconsejarte. Pero me parece que lo que te convendría sería un coche con mucha más..., con mucha más... −Simula buscar la palabra−. Sí, de acuerdo. Pero consume demasiado.

−¿No puedes hablar?

−No, claro.

−¿La tienes cerca?

−Sí.

−¿Enfrente?

−Sí. Pero este modelo no tiene tanta diferencia de precio con los japoneses. Y los japoneses...

−Tú con tu mujer enfrente y yo aquí, sentada sin saber qué hacer. −Cada vez más indignada−. Sin decidirme de una vez y acabar con esta desazón.

−Lo ideal son cuatro puertas. Para vosotros, cuatro puertas.

−¿Ves como no hay otra solución? Así no podemos seguir. No podemos tener ni una conversación civilizada.

−Pero ése gasta unos seis litros y medio.

−Tú hablando de coches, de litros de gasolina, de si cuatro puertas, y yo sin decidirme siquiera a colgar.

−Un momento. −El hombre ha tapado el auricular con la mano. La mujer oye un diálogo amortiguado−. Dice que... −Vuelve a tapar el auricular con la mano. Vuelve a retirar la mano−. Dile a Lluïsa que dice Anna que el pastel le quedó perfecto.

−¿Con quién cree que hablas?

–En fin, ya nos veremos.

–¿Quieres que cuelge o...? Pero antes de colgar dime si mañana nos veremos.

–Sí.

–No tengo remedio. Llamo para decirte que hemos terminado y acabo preguntándote si mañana... ¿Quedamos donde siempre?

–Sí.

–¿A la hora de siempre?

–Exacto.

–Y –ahora habla con voz melosa– ¿haremos como siempre? Te imagino de rodillas, delante de mí, subiéndome la falda... ¿Me lameras? ¿Me morderás? ¿Me harás mucho daño?

–Síí. –De golpe vuelve a hablar bajo–. ¡Hostia, Maria! Por poco se da cuenta. Ahora está en la cocina, pero en cualquier momento puede volver. ¿Y si me hubiese pedido el auricular para hablar contigo?

–¿Y por qué tendría que hablar conmigo?

–No quiero decir contigo, quiero decir con quien cree que hablaba yo.

–No hay quien te entienda. Y no hay quien me entienda a mí. No me entiendo ni yo misma. Estoy que me reconcomo, decido terminar y basta que oiga tu voz para que se me esfumen todas las decisiones. Me gustaría mucho estar ahora contigo. Ven. ¿No puedes? Claro que no. No pasa nada. Es cuando no puedo escucharte cuando me angustio. ¿Me quieres?

—Claro que sí.

—Más vale que cuelgue. Adiós.

—¿Dónde estás?

—En un bar; ya te lo he dicho.

—No. Me has dicho que estabas en una cabina.

—Y si sabías que estaba en una cabina, ¿para qué me lo vuelves a preguntar?

—Pero no estás en una cabina sino en un bar. Eso es al menos lo que dices ahora.

—Un bar, una cabina: lo mismo da.

—Oh, «lo mismo da», «lo mismo da»...

—Oye: ¡basta!

—Y ahora ¿qué piensas hacer?

—¿Ahora? ¿Quieres decir con lo nuestro?

—No. Quiero decir ahora mismo. ¿Piensas ir al cine? ¿Ya has comido? ¿Tienes que ir a clase de actuación?

—Oye: cuelgo.

—Espera un momento.

—Es que...

—A veces, Maria, pienso que sólo con que quisiéramos, sólo con que nos lo propusiésemos de verdad, podríamos conseguir que todo marchase de otra manera, sin tantas tensiones.

—Vale, pues sí.

—Sí, ¿qué?

—Sí.

—¿Qué te pasa? ¿No puedes hablar? ¿Hay alguien y por eso no puedes hablar?

—Mm... Sí.

–Has quedado con él en un bar y ya ha llegado. O estaba contigo y ahora se ha acercado al teléfono. ¿Sí o no? ¿O qué?

–Ya te devolveré el libro. Quédate tranquila.

–Ahora me tratas en femenino.

–Bueno, hasta luego. Llámame. Y recuérdame que te devuelva el libro.

–Ah, no. ¡Ahora no cuelgues! Tú me has hecho soportar la angustia de escucharte sin poder contestar más que estupideces y ahora...

–Ése no lo conozco. ¿Qué título dices que tiene?

–Perfecto. Lo estás haciendo muy bien. Ahora dirás el título del libro. ¿O no?

–Ya...

–Muy bien ese «ya». Da verosimilitud, hace real el diálogo con esa chica con la que se supone que hablas.

–¿*El amor por la tarde*?

–¿Qué es ese título: una indirecta, una invitación?

–Pero mucho mejor que *El amor por la tarde* era *Las cien cruces*. Vaya, al menos para mí.

–Ése, ¿ves?, no lo he leído. ¿También es una novela?

–¿*Las cien cruces* aburrida?

De repente el hombre vuelve a hablar con voz grave.

–Hombre, ya te lo he dicho. Consume menos que el otro.

–Pero la protagonista de *El amor por la tarde* es más verosímil.

–¿Y cómo es que una empresa como la Peugeot no tiene previsto un caso así?

–Pero eso pasaba en *Ahora estamos los dos igual.* ¿Me equivoco?

–En absoluto.

–¿Y entonces?

–Nada.

Hay una pausa breve.

–¿Ves como no hay nada que hacer? Ahora ya puedo hablar de nuevo –Vuelve a haber una pausa–. ¿No dices nada? ¿Se te acabó la charla o quieres dejar el ramo del automóvil y pasar a otro?

–Yo también vuelvo a estar solo.

–Pues adiós.

–Tienes razón. Más vale que nos digamos adiós.

–Antes tengo que decirte algo.

–Di.

–Estoy embarazada. –Él no responde–. ¿Me oyes? Estoy embarazada. De ti.

–¿Cómo que de mí? ¿Cómo sabes que es de mí?

–¡Porque desde la última regla sólo me he acostado contigo, imbécil!

–¿Y ese novio que te puede dar todo lo que yo no puedo darte? ¿Resulta que no...? Perdona. ¿Qué piensas hacer?

–¿Cómo que qué pienso hacer? ¿Es que tú no tienes nada que decir?

–¿Yo? No.

–Por fin. Por fin veo bien claro cómo eres. Por fin me doy cuenta de que, si alguna vez me encontrase en esa situación, te desentenderías totalmente.

−¿Qué quiere decir «si alguna vez me encontrase»?

−Quiere decir que, evidentemente, no estoy embarazada. ¿Te crees que soy tonta? Se me ha ocurrido de golpe, para ver cómo reaccionarías en una situación así. ¿Acaso crees que si de veras hubiese estado embarazada te habría pedido opinión sobre lo que tenía o no tenía que hacer?

La voz de él suena irritada:

−¡Oye, Maria...!

La mujer lo desafía:

−¿Qué? ¿Qué tengo que oír?

−¡Sabes que no tolero que me hables en ese tono, ni que me torees!

−Ah, ¿no?

−Te partiré la cara.

−Ah, ¿sí?

−Te hincharé los morros a puñetazos.

−Sí...

−Hasta que chilles.

−Sí...

−Te ataré a las patas de la cama.

−Sí, sí...

−Te escupiré en la boca.

−¡Sí!

−Y te daré de bofetadas hasta que sangres.

−¡Sí! ¡Sí!

−Y te obligaré a...

−¿A qué? ¿A qué?

—Te obligaré...

—¿A qué?

—Te llenaré la boca. Y te obligaré a tragártelo todo: no dejarás caer ni una gota.

—Ni una.

La mujer respira agitadamente. El hombre está excitado.

—¡Ni una, he dicho! Lámete esa que te resbala por el labio de abajo.

—«Guarra», dime «guarra».

—Guarra. Arrodíllate y abre la boca.

La mujer resopla.

—Basta. Tengo que decírtelo pase lo que pase. No tiene sentido hacerlo durar más. —Calla un momento, como para tomar impulso—. Escúchame: no soy Maria.

—¿Qué quiere decir que no eres Maria?

—Que no soy Maria: eso quiere decir. Maria está... Maria me ha pedido que te llamara y que te hablase como si fuera ella.

—Me estás tomando el pelo.

—Ha tenido que irse. Y quería que...

—¿Irse adónde?

—Fuera de la ciudad. Quería que creyeras que estaba aquí y no... Es que... No puedo seguir fingiendo. Mira: Maria y yo nos conocemos de las clases de actuación. Yo también estudio en el instituto del teatro. Me ha pedido que te llamara y me lo montase de manera que nos peleásemos. Porque mañana teníais que veros y ella todavía no habrá vuelto. ¿Me oyes?

–¿Dónde está?

–Se ha ido una semana. Con un novio.

–¿Con quién?

–Con Jaume.

–¿Con Jaume?

–Sí.

–¿Con qué Jaume?

–Jaume Ibarra.

–Oye, pero si Jaume Ibarra soy yo. ¿Con quién creías que estabas hablando? ¿A qué número has llamado?

–¿Tú eres Jaume?

–Sí.

–Hostia.

–¿Con quién pensabas que estabas hablando?

–Con Joan.

–¿Con Joan? O sea que Maria y Joan...

–Ahora me doy cuenta: he confundido los números.

–¿Y cómo es que tienes mi número de teléfono?

–Es que Maria me apuntó los dos, uno justo encima del otro, y me he equivocado: he marcado uno en vez del otro.

–¿Por qué te apuntó mi número si a mí no tenías que llamarme? ¿O también me tenías que llamar? Pero si has dicho que pensabas que se había ido conmigo...

–Si te lo explicase no me creerías.

–Dime una cosa, ee... ¿Cómo te llamas?

–Carme.

—Carme, dime una...

La mujer lo interrumpe.

—Un momento. ¿De verdad eres Jaume? Pero si Jaume no vive con nadie ¡El que vive con su mujer es Joan! ¿Por qué me has dicho que tenías a tu mujer enfrente?

—Tú tampoco eres la verdad personificada.

—Si te creías que estabas hablando con Maria, ¿por qué querías hacerme creer que vivías con una mujer?

—Es que con Maria a veces (últimamente no mucho, por cierto, pero a veces) hacemos cosas así. Como juegos.

—No me lo había dicho nunca.

—¿Por qué te lo iba a decir? ¿Es que os lo contáis todo?

—Casi.

—Ah, ¿sí? ¿Y qué te dice de mí?

—Uf.

—¿Qué quiere decir ese «uf»?

—Quiere decir que lo interesante me lo cuenta todo.

—¿Con pelos y señales?

—Con pelos, señales y lo que haga falta.

—¿Dónde estás?

—En un bar, ya te lo he dicho.

—También me has dicho que estabas en una cabina.

—¡Y dale con la cabina!

—¿Qué haces ahora?

—Ya me lo has preguntado antes.

—Cuando eras Maria. Ahora que eres Carme, puede que tengas que hacer otra cosa. Además, cuando eras Maria tampoco me has contestado la pregunta. —El hombre se muerde un labio—. ¿Por qué no nos vemos?

—¿Cuándo?

—¿Hoy?

—Tendrá que ser por la noche. Por la tarde tengo clase.

—Por la noche, pues.

—¿Dónde?

—¿En el bar del Ritz?

—De acuerdo.

—¿A las ocho?

—A las ocho salgo de clase. Quedamos a las ocho y media.

—¿Cómo te reconoceré?

—Llevaré una chaqueta de piel, la que le regalaste un mes antes... Llevaré la chaqueta de piel.

—Un mes antes ¿de qué? —La mujer calla—. La chaqueta: se la regalé un mes antes ¿de qué?

—Jaume, tengo que decírtelo. Si no voy a reventar.

—Dímelo pues.

—Maria está muerta. La chaqueta se la regalaste un mes antes de que se muriese. Escucha... No tendría que... Yo sabía cómo os queríais. Y cuando se murió decidí, decidimos, toda la clase...

—Me parece una broma de muy mal gusto.

—Encontrémonos y hablemos. A las ocho y media, ¿vale? O si quieres me salto la clase.

—La vi la semana pasada.

—Hace cinco meses que está muerta.

—Estos últimos cinco meses la he visto muchas veces. La semana pasada estuve con ella. Y estaba bien viva, guapa a más no poder. No era ningún fantasma.

—Hace cinco meses que sales con una Maria que no es Maria.

—Y según tú, ¿quién ha hecho de Maria todo este tiempo?

—Yo.

—Me habría dado cuenta.

—Te estoy diciendo la verdad.

—Si fuese verdad, ¿por qué habrías decidido que mañana no querías venir a la cita?

—Estoy harta de hacer de Maria.

—Sin embargo ahora has aceptado que nos veamos.

—Porque ahora voy haciendo de Carme, no de Maria. Jaume, por favor, te lo explicaré después.

—¿Y cómo no te has dado cuenta de que yo no era Joan sino Jaume?

—¿Te crees que no sabía a quién llamaba? Claro que eres Jaume. Te conozco perfectamente. Te he tenido de novio durante cinco meses. Y cinco meses dan para mucho. Incluso para saber que... —la voz de la mujer se quiebra—, que me he enamorado de ti como una imbécil. Y quiero acabar con esta farsa.

—No creo nada de todo esto. ¿Cómo habrías podido hacer, todas las veces que nos hemos visto (que tú dices que nos hemos visto), para que no notase que no eras Maria?

—Piensa que estudio teatro.

—¡Por mucho teatro que estudies! ¿Cómo quieres hacerme creer que no me habría dado cuenta de la diferencia? Lo único que me faltaría es que me salieras con el cuento de la gem... Oye, pero Maria tiene, tenía, una hermana gemela.

—Soy yo.

—No la he visto nunca.

—Ya lo creo que la has visto. Quiero decir: ¡ya lo creo que me has visto! Desde hace cinco meses, un par de veces por semana. Algunas semanas una sola vez: justamente de eso tendríamos que hablar. Porque yo te quiero ver más a menudo. ¿Quedamos como hemos quedado? ¿A las ocho y media?

—¿De verdad te llamas Carme?

—A las ocho y media, ¿de acuerdo?

—Sí.

—Te quiero mucho. Si alguna vez dejara de quererte me moriría.

EL AFÁN DE SUPERACIÓN

Dorotea está sentada ante su tocador. Se pasa el cepillo por el pelo, lentamente, mientras observa por el espejo cómo Tintín se quita el jersey con desgana, cómo lo tira al sofá con desgana, cómo con desgana se pasa la mano por la barba, a contrapelo, y cómo se va hacia la ducha. Dorotea se levanta, se quita la bata, la deja sobre el taburete, se mete en la cama y escucha correr el agua. Considera la posibilidad de coger el libro que estuvo leyendo ayer y leer un rato ahora, pero en realidad no tiene ganas. Es mejor dejarlo donde estaba, encima de la mesilla, y esperar que su marido salga de la ducha. Tintín y ella podrían hablar un rato. Cuando Tintín vuelve, todavía secándose, Dorotea lo ve tan cansado que piensa que no le apetecerá nada charlar un rato. Le pregunta si está cansado. Tintín dice que sí, se mete en la cama, dice buenas noches, apaga la luz y, siete segundos después (mientras Dorotea lo contempla, dudando entre apagar también la luz o, volviendo a la idea anterior, leer un rato), deja escapar el primer ronquido.

Hace tiempo que no es como al principio. ¿Cuánto hace que no follan? Dorotea se estira la piel del brazo. Está floja. Se acaricia los pechos. Le cuelgan. Nunca han sido unos grandes pechos, pero al menos antes eran firmes. Quizá es por eso. Su amiga Carlota dice que estas cosas suelen pasar. Aparta la sábana, se levanta, apaga la luz de la mesilla y va a la sala. Enciende un cigarrillo y, mientras suelta anillas de humo por la boca (lo aprendió de su primer novio, a los diecisiete años), se mira en el vidrio del balcón, que le refleja la imagen en pijama. Se pasa la mano por la cara. Nunca se ha considerado guapa. Esos labios delgados... Esas cejas demasiado espesas... Esa nariz puntiaguda... ¿Cómo quiere que Tintín la desee? Mientras se es joven, la suavidad de la piel, el calor de la carne, compensan la discreción de la cara. Cuando se pasa de los cuarenta la cosa cambia.

Por eso decide ir a la esteticista. Va al día siguiente. Se hace arreglar las cejas. Se pasa la mañana entera y sale encantada. Se mira en el vidrio del escaparate de una zapatería. En cuanto la ve, su amiga Carlota se lo dice: con las cejas menos espesas y, sobre todo, separadas, la cara le gana mucho. Llega a su casa con una mezcla de ilusión y miedo. Ilusión de que Tintín la vea, la encuentre bellísima y vuelvan a estar igual de enamorados que al comienzo. Y miedo de que la vea, el cambio no le guste y la repudie por frívola, por banal. O, peor todavía, que se ría.

Pero Tintín vuelve a casa y ni se da cuenta.

Una semana más tarde Dorotea va a ver a un cirujano estético. Le dice que los labios que tiene no le gustan: delgados, fríos, sin gracia. Se hace inyectar silicona. Le quedan unos labios gruesos, sensuales, ávidos. Carlota le dice que es un cambio excepcional y le pregunta si piensa hacerse algún otro. Pese a la aprobación de la amiga, por culpa de la experiencia del día de las cejas Dorotea vuelve a su casa sin grandes esperanzas. Se equivoca: esta vez Tintín lo nota enseguida. Después de meses, copulan.

Alentada por el éxito, Dorotea vuelve a ver al cirujano. Se hace inyectar silicona en los pechos. Le quedan preciosos. Erguidos, tensos, de un tamaño ideal. Esta vez a Carlota no le parece bien. Le pregunta si está segura de no estar pasándose, si, en cierta medida, con todo eso no está dejando de ser ella misma para convertirse en una mujer de plástico, como las que salen en las películas y las revistas que compran los hombres. ¿Sigue siendo ella misma a pesar de las cejas, los labios hinchados y los pechos con silicona? ¿No tiene la sensación de haberse vuelto un poco androide?

Dorotea se ofende. Desde luego que es ella misma. ¿Quién, si no? Decide que a lo mejor lo que pasa es que Carlota empieza a envidiarle las mejoras. Dorotea vuelve a ver al cirujano. A estas alturas de la relación profesional ya existe lo que podríamos llamar confianza. Por eso es el propio cirujano quien le dice que el paso siguiente ha de ser la nariz. Dorotea piensa si esa manera de decirle que tiene una nariz horrorosa no tendría que molestarla; pero recapacita: ofenderse es una tontería. El médico tiene razón; ella lo sabe, y sabe que si se lo dice es por su bien (el de ella). Se acorta la nariz. La naricita respingona vuelve a excitar la lubricidad de Tintín, salvajemente.

Pero justo después de la cópula la mira con desconfianza:

—¿Para quién te arreglas tanto? ¿Para complacer a quién te has hecho arreglar los labios, los pechos, la nariz? Dorotea, no me engañes.

Dorotea apoya la cabeza en el bíceps marital. No se arregla para nadie, le dice. Sólo para él, aunque le parezca mentira. Y una vez que lo ha dicho empieza a fantasear. Tal vez ahora, con esa cara nueva y esos pechos turgentes, obnubilará a todos los hombres que quiera. Pero ¿es eso lo que quiere?

No es eso lo que quiere. Lo que quiere es complacer cada vez más a su marido. Por eso, acto seguido se hace un lifting. Y luego un cambio de caderas. Se lo ha recomendado el cirujano. Es una técnica nueva, inimaginable hasta hace pocos años, que permite cambiarle las anchísimas caderas de antes por unas nuevas, hechas de una materia medio orgánica. De este modo se olvidará para siempre de la celulitis y las liposucciones. Antes, sin embargo, se hace cambiar las piernas (le ponen unas esbeltísimas), los brazos, las arterias, el cuello. Que todos estos cambios son un éxito se lo confirma el hecho de que un día, mientras ella sale de la clínica, ve que Carlota entra, se dirige a la recepción y pide hora. ¡Pese a todas sus prevenciones ha acabado yendo al cirujano! A estas alturas, Dorotea ha cambiado tanto que se permite el lujo de observar a Carlota sin que la reconozca.

Al día siguiente Dorotea vuelve a la clínica. Para mejorar el contorno de los pómulos le cambian el cráneo, debido a lo cual durante unos días se siente rara. Sobre todo por el pequeño circuito integrado que, implantado entre los dos hemisferios cerebrales, le permite hacer escáners de lo que la rodea, ver en la oscuridad, analizar como con rayos X el interior de las personas. Cuando le quitan las vendas da una vuelta por el pasillo. Médicos, pacientes y visitantes la repasan de arriba abajo. Si supiesen que las piernas son prefabricadas, las caderas de una materia medio orgánica y las cejas y los pómulos modificados, si supiesen que hasta tiene implantado en el cerebro un pequeño circuito integrado gracias al cual puede leer en las pantallitas que son sus ojos las obscenidades que piensan cuando la ven. Tampoco lo sabe Tintín; por eso, cuando esa noche la visita en la clínica (más tarde de lo que le había dicho) y para justificar la tardanza da una excusa banal, en las pantallitas que son sus ojos Dorotea descubre que a Tintín le ha costado mucho decidirse pero que, finalmente, esa noche (de ahí el retraso) le ha dicho a Carlota que no se verán más.

EL JURAMENTO HIPOCRÁTICO

Al hombre sin entrañas le ha costado mucho hacer beber desmedidamente a su amigo y, con la excusa de dejarlo durmiendo en su casa, acceder a escuchar las quejas de su mujer, harta de un marido bebedor. El hombre sin entrañas las escucha, las comprende y a continuación invita a la mujer a una copa que se convierte en una serie. Hasta que, después de haberla hecho beber desmedidamente, están en la cama; ella diciendo que quiere irse. Es entonces cuando, de pronto, al hombre sin entrañas le estalla el hígado: en diez mil trocitos que salpican la pared, el techo, las sábanas y la mujer ebria a la que está a punto de violentar y que se resiste a medias y repite: «¿Por qué me haces esto? ¿Por qué me lo haces?» Ni se ha dado cuenta de que al hombre le ha estallado el hígado y ella tiene el cuerpo cubierto de trozos. Despavorido, el hombre sin entrañas se levanta con miedo a caerse. Va al cuarto de baño. Contempla en el espejo el agujero que tiene ahora a la derecha del cuerpo, bajo el costillar.

Donde había estado el hígado hay un boquete enorme y oscuro. Ha llegado, pues, el momento que año tras año (desde los dieciséis, exactamente) le han anunciado profetas en bata de médico. Por fin se cumplen los vaticinios y las décadas consagradas al alcohol producen el mal devastador que se les atribuye.

La muerte, pues, es inminente. En cualquier momento perderá el conocimiento y se desplomará. Nadie puede sobrevivir mucho tiempo con semejante agujero en el flanco. De hecho, lo extraño es que aún no se haya desplomado. ¿Cómo es que sigue vivo? ¿Cómo es que sigue razonando? ¿Cómo es que el resto de su cuerpo funciona sin resentirse, como si no hubiera pasado nada? Acaba de perder uno de los órganos indispensables y está vivo, en el cuarto de baño y atónito. Tal vez porque, aun siendo un órgano indispensable, no es el más indispensable de todos. Digámoslo claro: no es el corazón lo que le ha estallado. Seguro que si hubiese sido el corazón ya estaría muerto hace rato. Es evidente que hay órganos indispensables y órganos indispensables pero no tanto, dado lo cual dejan, en la práctica, de ser indispensables. Se ve a la legua que en el grupo de indispensables no del todo indispensables entra el hígado, ese hígado que ha pasado a formar parte de la decoración del dormitorio. Desde donde le llegan los delirios de borracha de la mujer, que ya no le pregunta por qué se lo hace sino: «¿Dónde estás? ¿Por qué me has dejado sola?»

Vuelve al lado de ella. Si tiene que morir, nada mejor que morir en plan violento. En cuanto se pone manos a la obra, la mujer vuelve a preguntar una y otra vez: «¿Por qué me lo haces?» Una vez satisfecho, el hombre sin entrañas va al cuarto de baño, orina largamente, se felicita por el óptimo estado de sus riñones (siempre ha estado orgulloso de ellos), se lava la cara, agarra a la mujer por el cogote, la levanta, la sienta en la butaca, cambia las sábanas salpicadas de hígado por unas limpias y se acuesta. Al cabo de un rato, la mujer se levanta de la butaca y va hasta la cama a tientas, porque no puede ni abrir los ojos. Se acuesta junto al hombre y le pregunta si es Frederic.

Al día siguiente, el hombre sin entrañas se levanta con la cabeza despejadísima. ¿Y la resaca que debería tener? Se acuerda del estallido del hígado y no tiene tiempo de suponer siquiera que ha sido un sueño porque enseguida comprueba que no: mete la mano en el boquete que tiene en el costado derecho. Es ancho, cosa de un palmo, sanguinolento pero no tanto como la noche anterior. Puede tocar perfectamente las costillas inferiores. Se seca la mano en la colcha y se da cuenta de que a su lado duerme la mujer. Vuelve a forzarla. Esta vez ella le pide: «No me lo hagas más. Por favor, no me lo hagas más.»

El hombre sin entrañas se ducha, se viste y le dice a la mujer que se vista. Mientras bajan la escalera, la mujer vomita dos veces. En cambio el hombre sin entrañas está fresco. La mete en el coche; por si lo ha olvidado le recuerda el estado en que el día anterior le llegó el marido a casa y la deja cerca de una boca de metro. Después va a una librería a hojear libros sobre enfermedades hepáticas.

Llega al bar más temprano que de costumbre. Pide la primera copa temiendo que se le salga por el agujero. No se le sale. El boquete ha cicatrizado de una forma repugnante pero rápida. Cuando empiezan a llegar los amigos, el hombre sin entrañas hace horas que está bebiendo. Durante toda la noche bebe cuanto se le antoja y no tiene ninguna de las sensaciones desagradables que se tienen cuando se bebe sin medida. Y al día siguiente, ni pizca de resaca.

Bebe todo lo que quiere, siempre, y no acusa ningún efecto negativo. Ha llegado a la conclusión de que el hígado es una especie de alienígena instalado en el cuerpo humano. Muy al contrario de lo que dicen (que el alcohol, su exceso, es el culpable de los males del hígado), es el hígado el culpable de los males del bebedor. Y el único camino sensato es incrementar el consumo de alcohol al máximo, no prestar atención a las advertencias de los profetas médicos y esperar con anhelo el estallido. El estallido del hígado es un escalón más, natural y lógico, del proceso humano, lo mismo que la caída de los dientes de leche, las primeras poluciones nocturnas, la descalcificación de los huesos o la menopausia.

Lo que ocurre es que, por lo general, la gente, atemorizada por los consejos de los médicos, un día se para, deja de beber o reduce las dosis. He aquí el error: porque bebiendo menos se detiene el proceso hacia el estallido deseable y el individuo malvive entre sufrimientos y mala conciencia. Que el estallido es cosa normal lo demuestra el hecho de que el boquete se haya cicatrizado de forma espontánea, sin el menor problema. Todo lo contrario de lo que le habría pasado si el hígado se lo hubiera arrancado un médico en una operación quirúrgica, artificial.

Noche a noche el hombre sin entrañas ve caer a sus amigos, uno tras otros, borrachos. Siempre llega un día en que, abrumados por las molestias, van al médico e indefectiblemente siguen sus consejos. Víctimas de sus hígados, moderan el consumo de alcohol. Una noche, el hombre sin entrañas les aconseja que beban mucho más, cada vez más, hasta que el hígado les estalle. Si lo consiguen, el alcohol ya nunca será problema. Es algo que saben todos los médicos, pero se han confabulado para no decirlo jamás. Los amigos no le creen, beben un poco más y, borrachos, se van a sus casas, arrastrándose. Nunca vuelve a darles un consejo. Cuando mueren de cirrosis o de hepatitis por no haber sido capaces de deshacerse de sus hígados, él les lleva coronas de flores, acompaña a las viudas al funeral y después, con la excusa de ahogar la pena, las hace beber desmesuradamente.

LA MICOLOGÍA

Al rayar el alba el setero sale de su casa con un bastón y una cesta. Toma la carretera y, un rato más tarde, un camino, hasta que llega a un pinar. De tanto en tanto se para. Aparta con el bastón la capa de pinocha seca y descubre níscalos. Se agacha, los recoge y los mete en la cesta. Sigue andando y, más allá, encuentra rebozuelos, oronjas y agáricos.

Con la cesta llena, empieza a desandar el camino. De golpe ve el sombrero redondeado, escarlata y jaspeado de blanco, de la amanita muscaria. Para que nadie la coja le da un puntapié. En medio de la nube de polvo que la seta forma en el aire al desintegrarse, plop, aparece un gnomo con gorro verde, barba blanca y botas puntiagudas con cascabeles, flotando a medio metro del suelo.

—Buenos días, buen hombre. Soy el gnomo de la suerte que nace de algunas amanitas cuando se desintegran. Eres un hombre afortunado. Sólo en una de cada cien mil amanitas hay un gnomo de la suerte. Formula un deseo y te lo concederé.

El setero lo mira despavorido.

−Eso sólo pasa en los cuentos.

−No −responde el gnomo−. También pasa en la realidad. Anda, formula un deseo y te lo concederé.

−No me lo puedo creer.

−Te lo creerás. Formula un deseo y verás como, pidas lo que pidas, aunque parezca inmenso o inalcanzable, te lo concederé.

−¿Cómo puedo pedirte algo si no consigo creer que haya gnomos que puedan concederme cualquier cosa que les pida?

−Tienes ante ti un hombrecito de barba blanca, con gorro verde y botas con cascabeles en las puntas, flotando a medio metro del suelo, ¿y no te lo crees? Venga, formula un deseo.

Nunca se habría imaginado en una situación así. ¿Qué pedir? ¿Riquezas? ¿Mujeres? ¿Salud? ¿Felicidad? El gnomo le lee el pensamiento.

−Pide cosas tangibles. Nada de abstracciones. Si quieres riquezas, pide tal cantidad de oro, o un palacio, o una empresa de tales y cuales características. Si quieres mujeres, di cuáles en concreto. Si luego lo que pides te hace o no realmente feliz, es cosa tuya.

El setero duda. ¿Cosas tangibles? ¿Un Range Rover? ¿Una mansión? ¿Un yate? ¿Una compañía aérea? ¿Elizabeth McGovern? ¿Kelly McGillis? ¿Debora Caprioglio? ¿El trono de un país de los Balcanes? El gnomo pone cara de impaciencia.

–No puedo esperar eternamente. Antes no te lo he dicho porque pensaba que no tardarías tanto, pero tenías cinco minutos para decidirte. Ya han pasado tres.

Así pues, sólo le quedan dos. El setero empieza a inquietarse. Debe decidir qué quiere y debe decidirlo en seguida.

–Quiero...

Ha dicho «quiero» sin saber todavía qué va a pedir, sólo para que el gnomo no se exaspere.

–¿Qué quieres? Di.

–Es que elegir así, a toda prisa, es una barbaridad. En una ocasión como ésta, tal vez única en la vida, hace falta tiempo para decidirse. No se puede pedir lo primero que a uno le pase por la cabeza.

–Te queda un minuto y medio.

Quizá, más que cosas, lo mejor sería pedir dinero: una cifra concreta. Mil billones de pesetas, por ejemplo. Con mil billones de pesetas podría tenerlo todo. ¿Y por qué no diez mil, o cien mil billones? O un trillón. No se decide por ninguna cifra porque, en realidad, en una situación como ésta, tan cargada de magia, pedir dinero le parece vulgar, poco sutil, nada ingenioso.

–Un minuto.

La rapidez con que pasa el tiempo le impide razonar fríamente. Es injusto. ¿Y si pidiera poder?

–Treinta segundos.

Cuanto más lo apremia el tiempo más le cuesta decidirse.

–Quince segundos.

¿El trillón, entonces? ¿O un millón de trillones? ¿Y un trillón de trillones?

–Cuatro segundos.

Renuncia definitivamente al dinero. Un deseo tan excepcional como éste debe ser más sofisticado, más inteligente.

–Dos segundos. Di.

–Quiero otro gnomo como tú.

Se acaba el tiempo. El gnomo se esfuma en el aire y de inmediato, plop, en el lugar exacto que ocupaba aparece otro gnomo, igualito al anterior. Por un momento el buscador de setas duda de si es o no el mismo gnomo de antes, pero no debe de serlo porque repite la misma cantinela que el otro y si fuese el mismo, piensa, se la ahorraría:

–Buenos días, buen hombre. Soy el gnomo de la suerte que nace de algunas amanitas cuando se desintegran. Eres un hombre afortunado. Sólo en una de cada cien mil amanitas hay un gnomo de la suerte. Formula un deseo y te lo concederé.

Han empezado a pasar los cinco nuevos minutos para decidir qué quiere. Sabe que si no le alcanzan le queda la posibilidad de pedir un nuevo gnomo igual a éste, pero eso no lo libra de la angustia.

EL SAPO

De color azul, el príncipe sólo lleva los pantalones, ajustados, que le marcan las nalgas, unas nalgas pequeñas y duras que hacen que las muchachas y los pederastas se vuelvan a mirarlo y se muerdan el labio inferior. También lleva un jubón de colorines, una capa corta y roja, una gorra ancha, gris y con una pluma verde, y botas de media caña por encima de los pantalones azules y ajustados.

Le gusta pasear a caballo. A menudo monta cuando nace el día, después de haber desayunado, y se pierde por los bosques, que son todos de coníferas, densos y húmedos y con brumas bajas. Muy de vez en cuando, en el centro de una explanada, en la cumbre de una colina o junto a un abeto cien veces más alto que él, el principe detiene el caballo, que relincha, y se pone a meditar.

¿Qué medita el príncipe? Medita qué hará en el futuro, cuando herede el reino, cómo gobernará, qué innovaciones introducirá y qué mujer elegirá para que se siente a su lado, en el trono. El trono de ese reino es de dos plazas, tapizado de terciopelo granate, muy parecido a un sofá o una chaise longue. No es que le haga falta casarse para heredar el reino. Su abuelo, por ejemplo, lo heredó soltero, y soltero siguió los primeros ocho años de reinado, hasta que conoció a una princesa digna y equilibrada, la abuela del príncipe. No le hace falta, pues, pero prefiere dejar la cuestión resuelta para, desde el momento en que lo coronen rey, poder dedicarse por entero a gobernar el país.

Pero eso de encontrar una mujer suficientemente digna y equilibrada pinta muy difícil. El príncipe sale poco. Sus amigos, príncipes como él, salen todas las noches, de taberna en taberna y de fiesta en fiesta, hasta las tantas, a veces sin ocultar la condición principesca y a veces disfrazados de plebeyos. En las fiestas y las tabernas se hartan de conocer a princesas y plebeyas. Todos los mediodías, después de levantarse, los príncipes se encuentran para tomar el aperitivo, con los ojos enrojecidos escondidos tras gafas de sol y la cabeza como una losa. Comentan con pelos y señales a cuál o cuáles se han tirado la noche anterior, y cómo se las han tirado. Siempre llegan a una misma conclusión: princesas o plebeyas, tanto da; son todas unas marranas. Tal concesión al igualitarismo es tan insólita como, con grandes carcajadas, celebrada por todos. Menos por el príncipe de los pantalones azules. El príncipe lamenta, no sólo que comparen frívolamente a princesas con plebeyas, sino que dictaminen que no hay mujer que no sea una marrana.

Por eso no sale nunca con los demás príncipes, que para convencerlo le dicen que una noche vaya con ellos. Si accediese comprobaría que las cosas son tal como dicen. Él se niega. No se niega porque no les crea. Se niega porque le da miedo acompañarlos y descubrir que, efectivamente, tienen razón. Y está convencido de que, si no desfallece, encontrará a la princesa pura que busca desde la pubertad. En cambio, si llegara a la convicción de que princesas y plebeyas son todas iguales, ya no podría encontrarla nunca.

Nunca ha confesado a nadie cómo espera encontrar a su princesa ideal. Porque sabe que se reirían. La encontrará encantada: en forma de sapo. Está convencido. Precisamente por eso será diferente de todas las demás, porque se habrá mantenido alejada de la banalidad y la degradación de los humanos. Lo ha leído en los cuentos, desde muy pequeño, y, aunque ya entonces los otros príncipes (los mismos que ahora se encuentran todos los mediodías para tomar el aperitivo) se burlaban de esas historias, él creía en ellas con convicción. Convicción que con el curso de los años ha ido reforzándosele con un hecho curioso y sintomático: nunca ha logrado ver un solo sapo. Desde niño los ha buscado con ardor. Sabe cómo son por las ilustraciones y las fotos de los libros de ciencias naturales, pero nunca ha encontrado ninguno.

Por eso, la mañana que, tras horas de galopar, se detiene a orillas de un río para que el caballo abreve y ve un sapo sobre una roca cubierta de musgo (un sapo brillante, gordo, entre verdoso y morado), echa pie a tierra con el corazón desbocado. Por fin ha encontrado un sapo, cara a cara, en directo. El sapo lo saluda:

–Croac.

Es un bicho aún más asqueroso de lo que se ha imaginado por las ilustraciones y las fotos de los libros. Pero ni por un instante duda de que es a ese bicho al que debe darle un beso. Después de años de búsqueda es el primer sapo que consigue ver, y por eso sabe que no es un sapo y nada más sino una princesa encantada, no echada a perder por la vida mundana. Ata las riendas del caballo al tronco de un chopo y avanza con miedo. Miedo de la decepción que tendrá si, a despecho de su convicción, resulta que el sapo no es sino un sapo, da un salto y se mete en el agua. Se arrodilla junto a la roca.

–Croac –hace el animal por segunda vez.

El príncipe inclina el cuerpo y adelanta la cara. El sapo está justo frente a él. La papada se le hincha y deshincha sin cesar. Ahora que lo ve tan de cerca siente que lo invade el asco; pero no tarda en reponerse y acerca los labios al morro del anfibio.

–Mua.

En menos de una milésima de segundo, con un ruido ensordecedor, el sapo se convierte en un prisma de cien mil colores, que multiplica infinitamente las caras, hasta que todas las caras y colores se convierten en una muchacha de cabellos dorados. Y una corona encima que demuestra la nobleza de su linaje. Por fin el príncipe ha encontrado a la mujer que siempre ha buscado, esa con la que compartirá el trono y la vida.

—Por fin has llegado —dice ella—. Si supieras cómo he esperado al príncipe que debía librarme del hechizo.

—Lo comprendo. Te he buscado siempre, desde que era niño. Y siempre he sabido que te encontraría.

Se miran a los ojos, se cogen las manos. Es para siempre, y los dos son conscientes de ello.

—Era como si este momento no fuera a llegar nunca —dice ella.

—Pues ya ha llegado.

—Sí.

—Qué bien, ¿no?

—¿Estás contento?

—Sí. ¿Y tú?

—Yo también.

El príncipe mira el reloj. ¿Qué más debe decirle? ¿De qué deben hablar? ¿Debe invitarla en seguida a su casa o se lo tomará a mal? En realidad no hay ninguna prisa. Tienen toda la vida por delante.

—En fin...

—Sí.

—Ya ves...

—Tanto esperar y de repente, plaf, ya está.

—Sí, ya está.

—Qué bien, ¿no?

LA BELLA DURMIENTE

En medio de un claro, el caballero ve el cuerpo
de la muchacha, que duerme sobre una litera hecha
con ramas de roble y rodeada de flores de todos los
colores. Desmonta rápidamente y se arrodilla a su
lado. Le coge una mano. Está fría. Tiene el rostro
blanco como el de una muerta. Y los labios finos y
amoratados. Consciente de su papel en la historia, el
caballero la besa con dulzura. De inmediato la muchacha abre los ojos, unos ojos grandes, almendra-
dos y oscuros, y lo mira: con una mirada de sorpresa
que enseguida (una vez ha meditado quién es y
dónde está y por qué está allí y quién será ese hombre que tiene al lado y que, supone, acaba de besar-
la) se tiñe de ternura. Los labios van perdiendo el
tono morado y, una vez recobrado el rojo de la vida,
se abren en una sonrisa. Tiene unos dientes bellí-
simos. El caballero no lamenta nada tener que casarse con ella, como estipula la tradición. Es más: ya
se ve casado, siempre junto a ella, compartiéndolo
todo, teniendo un primer hijo, luego una nena y por

fin otro niño. Vivirán una vida feliz y envejecerán juntos.

Las mejillas de la muchacha han perdido la blancura de la muerte y ya son rosadas, sensuales, para morderlas. Él se incorpora y le alarga las manos, las dos, para que se coja a ellas y pueda levantarse. Y entonces, mientras (sin dejar de mirarlo a los ojos, enamorada) la muchacha (débil por todo el tiempo que ha pasado acostada) se incorpora gracias a la fuerza de los brazos masculinos, el caballero se da cuenta de que (unos veinte o treinta metros más allá, antes de que el claro dé paso al bosque) hay otra muchacha dormida, tan bella como la que acaba de despertar, igualmente acostada en una litera de ramas de roble y rodeada de flores de todos los colores.

LA MONARQUÍA

Todo gracias a aquel zapato que perdió cuando tuvo que irse del baile a toda prisa porque a las doce se acababa el hechizo, el vestido retornaba a la condición de harapos, la carroza dejaba de ser carroza y volvía a ser calabaza, los caballos ratones, etcétera. Siempre la ha maravillado que sólo a ella el zapato le calzase a la perfección, porque su pie (un 36) no es en absoluto inusual y otras chicas de la población deben de tener la misma talla. Todavía recuerda la expresión de asombro de sus dos hermanastras cuando vieron que era ella la que se casaba con el príncipe y (unos años después, cuando murieron los reyes) se convertía en la nueva reina.

El rey ha sido un marido atento y fogoso. Ha sido una vida de ensueño hasta el día que ha descubierto una mancha de carmín en la camisa real. El suelo se le ha hundido bajo los pies. ¡Qué desazón! ¿Cómo ha de reaccionar, ella, que siempre ha actuado honestamente, sin malicia, que es la virtud en persona?

De que el rey tiene una amante no hay duda. Las

manchas de carmín en las camisas siempre han sido prueba clara de adulterio. ¿Quién puede ser la amante de su marido? ¿Debe decirle que lo ha descubierto o bien disimular, como sabe que es tradición entre las reinas, en casos así, para ño poner en peligro la institución monárquica? ¿Y por qué el rey se ha buscado una amante? ¿Acaso ella no lo satisface suficientemente? ¿Quizá porque se niega a prácticas que considera perversas (sodomía y ducha dorada, básicamente) él las busca fuera de casa?

Decide callar. También calla el día que el rey no llega a la alcoba real hasta las ocho de la mañana, con ojeras de un palmo y oliendo a mujer. (¿Dónde se encuentran? ¿En un hotel, en casa de ella, en el mismo palacio? Hay tantas habitaciones en este palacio, que fácilmente podría permitirse tener a la amante en cualquiera de las dependencias que ella desconoce.) Tampoco dice nada cuando los contactos carnales que antes establecían con regularidad de metrónomo (noche sí, noche no) se van espaciando hasta que un día se percata de que, desde la última vez, han pasado más de dos meses.

En la habitación real, llora cada noche en silencio; porque ahora el rey ya no se acuesta nunca con ella. La soledad la reseca. Habría preferido no ir nunca a aquel baile, o que el zapato hubiese calzado en el pie de cualquier otra muchacha antes que en el suyo. Así, cumplida la misión, el enviado del príncipe no hubiera llegado nunca a su casa. Y en caso de que hubiera llegado, habría preferido incluso que alguna de sus hermanastras calzara el 36 en vez del 40 y 41, números demasiado grandes para una muchacha. Así el enviado no habría hecho la pregunta que ahora, destrozada por la infidelidad del marido, le parece fatídica: si además de la madrastra y las dos hermanastras había en la casa alguna otra muchacha.

¿De qué le sirve ser reina si no tiene el amor del rey? Lo daría todo por ser la mujer con la cual el rey copula extraconyugalmente. Mil veces preferiría protagonizar las noches de amor adúltero del monarca que yacer en el vacío del lecho conyugal. Antes querida que reina.

Decide avenirse a la tradición y no decirle al rey lo que ha descubierto. Actuará de forma sibilina. La noche siguiente, cuando tras la cena el rey se despide educadamente, ella lo sigue. Lo sigue por pasillos que desconoce, por ignoradas alas del palacio, hacia estancias cuya existencia ni siquiera imaginaba. El rey la precede con una antorcha. Finalmente se encierra en una habitación y ella se queda en el pasillo, a oscuras. Pronto oye voces. La de su marido, sin duda. Y la risa gallinácea de una mujer. Pero superpuesta a esa risa oye también la de otra mujer. ¿Está con dos? Poco a poco, procurando no hacer ruido, entreabre la puerta. Se echa en el suelo para que no la vean desde la cama; mete medio cuerpo en la habitación. La luz de los candelabros proyecta en las paredes las sombras de tres cuerpos que se acoplan. Le gustaría levantarse para ver quién está en la cama, porque las risas y los susurros no le permiten identificar a las mujeres. Desde donde está, echada en el suelo, no puede ver casi nada más; sólo, a los pies de la cama, tirados de cualquier manera, los zapatos de su marido y dos pares de zapatos de mujer, de tacón altísimo, unos negros del 40 y otros rojos del 41.

LA FAUNA

El gato persigue al ratón por toda la casa y cae, una tras otra, en todas las trampas que él mismo le pone al roedor. Cae dentro del bote de brea, resbala en la piel de plátano y va a parar a la picadora de carne, que lo hace trizas. Cuando todavía no se ha recuperado, toca el pomo de la puerta sin saber que el ratón lo ha conectado a la corriente eléctrica: se le erizan todos los pelos, pasa del negro al blanco, al amarillo, al violeta, los ojos se le salen de las órbitas y dan dieciocho vueltas, la lengua se le dobla y desdobla en zigzag, se desploma chamuscado y se convierte en un montón de cenizas humeantes. Hasta que llega la señora con una escoba y una pala, lo recoge y lo echa al cubo de la basura.

Pero enseguida vuelve a estar al acecho. ¡Ah! Qué no daría por desembarazarse de ese ratón miserable que no debería despertar la simpatía de nadie. ¿Por qué nunca gana él? ¿Por qué quien se salva es siempre el animalejo pequeño? El gato sabe, además, que los ratones le dan asco a una buena parte de la humanidad. De todas las peripecias de la guerra, la que muchos hombres recuerdan con más espanto (más que las bombas, más que las balas dumdum, más que las noches sin dormir, más que los días sin comer y las travesías sin zapatos, con los pies envueltos en trapos) son las ratas. ¿Por qué entonces determinados humanos se olvidan de ese asco y se ponen de parte del ratón? ¿Sólo porque es el animal más pequeño?

El gato vuelve a la carga. Una vez más jura que esta vez el ratón no se escapará. Incendia la casa. Se quema todo pero el ratón se salva. Y cuando vuelve del trabajo, el dueño persigue al gato a escobazos. El gato no desiste. Vuelve a perseguir al ratón. Finalmente lo atrapa, lo mete en una mezcladora de cemento y, cuando está a punto de ponerla en marcha, aparece el perro. Por una ley tan incomprensible como atávica, el perro siempre es amigo del ratón. Este perro lleva en la mano un mazo desmesurado. Lo descarga en la cabeza del gato, que queda plano como una hoja de papel.

Pero enseguida se rehace; ahora recibe un paquete por correo y sonríe. Llena de pólvora la madriguera del ratón y le prende fuego. Estalla todo, justo a tiempo de que el gato se dé cuenta de que el ratón no estaba dentro, de que está observándolo desde la puerta de la casa con una risa repugnante. Siempre lo mismo.

Hasta que un día sorprendente, muchos episodios más tarde, el gato triunfa.

Después de una persecución por el pasillo de la casa (una persecución como tantas), atrapa al ratón. Sin embargo, ha ocurrido tantas veces... Tantas veces el gato ha tenido al ratón en el puño, como ahora, y el ratón se le ha escapado, que ni el mismo gato se cree del todo que esta vez vaya de veras. Ensarta al ratón con un tenedor de tres puntas, y de cada una de las tres heridas brota un chorro de sangre. El gato enciende el fuego. Pone encima una sartén. Vierte aceite. Cuando el aceite está hirviendo, pone en él al ratón, que se fríe poco a poco, entre chillidos tan frenéticos que el propio gato tiene que taparse los oídos con tapones de corcho. Entonces empieza a darse cuenta de que esta vez pasa algo raro. Esta vez va de veras. El cuerpo del ratón se acartona, cada vez más negro y humeante. El ratón mira al gato con unos ojos que éste no olvidará nunca y se muere. El gato sigue friendo el cadáver. Después lo saca de la sartén y lo quema directamente en las llamas, hasta que no es sino un pellejo negro y arrugado. Lo saca del fuego, lo mira de cerca, lo toca con los dedos: se le deshace en diez mil motas carbonizadas que el viento, arremolinado, dispersa hacia los cuatro puntos cardinales. Por un instante se siente inmensamente feliz.

LA FUERZA DE VOLUNTAD

El hombre porfiado sabe que se trata simplemente de tener (y mantener durante el tiempo necesario) la firme voluntad de lograrlo. No hay más que eso, ni enigmas de ninguna clase. Se arrodilla, inclina el torso hasta que la cara le queda a un palmo de la piedra (una piedra un pelín oblonga, redondeada, decididamente gris) y vocaliza con claridad:

—Pa.

Durante un rato mira la piedra fijamente, clavando los ojos en cada irregularidad, intentando captarla completamente, establecer una comunicación absoluta, hasta que la piedra se convierta en una prolongación de él mismo a un palmo de distancia. Es mediodía; la brisa compensa el esplendor del sol. Parsimonioso, vuelve a abrir los labios.

—Pa.

Ha elegido «pa» porque siempre ha oído que es lo primero que dicen los niños, la eclosión con que sorprenden a los padres, la sílaba más fácil para arrancar a hablar.

—Pa.

La piedra continúa en silencio. El hombre porfiado sonríe. No se rinde fácilmente a las adversidades. Ha tomado la decisión de enseñar a hablar a la piedra sabiendo que no será tarea fácil. Sabe que, durante siglos, los hombres han menospreciado las posibilidades verbales del reino mineral y, por ello, tal vez sea ésta la primera vez en muchos años que un hombre sobrio se encuentra frente a frente con una piedra, tratando de hacerla hablar. Si a esto añadimos la tradicional desidia del alumnado, la dificultad de la empresa es patente.

—Pa —insiste el hombre porfiado.

La piedra calla. El hombre echa un instante la cabeza hacia atrás para, de inmediato, adelantarla de nuevo hasta plantar la cara a unos centímetros de la piedra:

—Pa pa pa pa pa pa. ¡Pa!

Ninguna respuesta. El hombre vuelve a sonreír, se acaricia la barbilla, yergue el torso, se pone en pie, saca del bolsillo un paquete de cigarrillos y enciende uno. Fuma observando la piedra. ¿Cómo tiene que establecer el contacto? ¿Cómo debe comunicarse? Con los dedos dispara el cigarrillo contra un árbol y (como un luchador sobre el contrincante) se abalanza sobre la piedra gritando:

—¡¡¡PAAA!!!

La aparente indiferencia del mineral lo enternece. Lo acaricia con las puntas de los dedos. Ahora le habla con voz seductora.

–Piedra. Hola, piedra. ¿Piedra? Pie dra. P i e d r a. Piedra...

No deja de acariciarla. Alterna la lentitud con la rapidez. Ora la acaricia suavemnte, ora con frenesí.

–Venga, di: pa.

La piedra no dice nada. El hombre porfiado le da un beso.

–Sé que puedes, no sé si escucharme, pero sí entenderme. ¿Me entiendes? ¿Me captas? Sé que puedes decirlo. Sé que puedes decir «pa». Sé que puedes hablar, aunque sólo sea un poco. Sé también que para ti es difícil, porque quizá nunca nadie te ha dicho nada ni te ha pedido que le hablaras y, si uno no está acostumbrado, al principio estas cosas cuestan. De todo eso soy consciente. Por eso soy comprensivo; no te pido nada que no puedas hacer con un poco de esfuerzo. Ahora lo repetiré otra vez. Y enseguida tú lo repetirás conmigo. ¿De acuerdo? Venga, vamos. No es fácil, pero tampoco imposible. Anda, di: pa. Pa. Pa.

Pone la oreja contra la superficie de la piedra, a ver si los esfuerzos de ésta se traducen aunque sólo sea en un susurro. Pero no: silencio. El silencio más absoluto. El hombre porfiado inspira profundamente y vuelve a la carga. Ofrece a la piedra nuevos argumentos, le explica por qué debe de costarle tanto hablar y cómo tiene que hacer para conseguirlo. Cuando anochece, la coge con las manos y le quita la tierra que le ha quedado adherida a la parte inferior. Se lleva la piedra a casa. La pone sobre la

126

mesa del comedor, se asegura de que esté cómoda. La deja descansar toda la noche. A la mañana siguiente le da los buenos días, la limpia con cuidado bajo el chorro del grifo, con agua tibia: ni demasiado fría ni demasiado caliente. Luego la saca al balcón. Desde el balcón se ve todo el valle, con los dispersos chalets de los veraneantes, una punta del lago y, a lo lejos, las luces de la autopista. Deja la piedra sobre la mesa y se sienta en una silla.

—Anda, di: pa.

Tres días más tarde, el hombre porfiado finge mosquearse:

—Muy bien. No hables si no quieres. ¿Te crees que no advierto tu desprecio tácito? Para transmitir desdén no es preciso decir nada. Lo único que te digo es esto: de mí no se burla nadie.

El hombre porfiado agarra la piedra con la mano derecha, la aprieta (tanto que la cara acaba por ponérsele roja) y finalmente la tira con fuerza. En el cielo, la piedra describe un arco: por encima del valle, de los chalets y las piscinas de los veraneantes, por encima del hombre que maneja la cortadora de césped, por encima de la carretera en obras, por encima de la autopista bastante vacía de coches, por encima de la zona de desarrollo industrial, por encima del campo de fútbol donde un equipo vestido con camiseta verde y pantalones blancos empata con otro vestido con camiseta amarilla y pantalones azules, por encima de los edificios de la ciudad provinciana; hasta que cae en el centro de una plaza,

a los pies de unos turistas alemanes que están foto-
grafiando la catedral con tanta atención que no ad-
vierten la caída de la piedra, que choca contra los
adoquines y, rompiéndose, deja escapar un sonido
seco bastante parecido a «¡pa!».

LA FISONOMÍA

El intelectualista es incapaz de recordar ninguna cara. Por la calle, cuando se encuentra con alguien que lo saluda, nunca sabe quién es ni de qué lo conoce. Tal vez alguna cara le suena, pero no es capaz de adjudicarle ningún nombre ni de acertar de dónde la conoce. Tan experto se ha hecho en evitar los trances difíciles que esa mala memoria comporta inevitablemente que (para que los demás no descubran que no los conoce) saluda a todos los que lo saludan. Con total impasibilidad, con tanta naturalidad que nadie advierte que en realidad no lo ha reconocido. Hasta es capaz de mantener conversaciones sobre temas generales (y no tan generales) y, cuando por fin se despiden, con palmaditas en la espalda o apretones de mano, el desconocido se va persuadido de que ni por un instante ha dudado de quién era. Sobre todo es preciso demostrar desde el principio una gran alegría. Que ni por un segundo lo asalte la duda. Lo primero que hace, cuando se ve reconocido, es exclamar bien fuerte: «¿Qué tal?

¿Cómo va eso?» Nada más pernicioso que poner cara de desconcierto o saludar en voz baja, porque el desconocido lo miraría con recelo y formularía la pregunta fatídica: «No te acuerdas de mí, ¿verdad?» Pregunta ante la cual es inútil mentir, porque significa que es evidentísimo que el interrogado no tiene la menor idea de quién es el que tiene delante.

Nunca ha recordado una cara. Ni de pequeño. En el colegio deducía quién era el maestro porque era más alto y gordo que el resto de los que ocupaban el aula. Y a los compañeros de clase, como eran todos bajitos (más o menos de la misma estatura que él), no los identificaba. Cada uno con una cara diferente; ¿cómo querían que se acordara de todas y supiese cuál era de cada uno? En casa, por suerte, sabía quién era su padre porque era el alto y grande de la familia. Y, aunque se afeitase todos los días, se le notaba la barba, sobre todo cuando le daba un beso. En cambio su madre no tenía barba, y su piel era muy suave. Generalmente llevaba falda, lo cual facilitaba aún más el reconocimiento. Tal vez por eso, cuando la mujer se ponía pantalones él se desconcertaba momentáneamente, hasta que se fijaba en las manos esbeltas, en la suavidad de las mejillas. A su hermano lo identificaba fácilmente: era el otro niño, el otro bajito de la casa. De haber habido más adultos o más hermanos habrían empezado los problemas. Y lo mismo le pasaba cada mañana, cuando se enfrentaba con el espejo y se encontraba una cara que no reconocía. Evidentemente era la suya, pero si la hubiese visto entre cinco caras más no habría sabido reconocerla.

Por eso se queda helado el día que, al entrar en la estación de metro de al lado de su casa, ve que sale una mujer y la reconoce. Nunca han cruzado una sola palabra, pero recuerda con precisión que la vio, apenas un instante, hace treinta y ocho años, la mañana que fue a recoger el diploma de licenciado. Ella salía de secretaría, vestida con una chaqueta de punto azul, una blusa blanca y una falda gris.

Por primera vez en la vida ha reconocido una cara, una cara que sólo vio una vez hace muchos años. Eso lo admira. (¿Habría debido bajar del metro para seguir a la mujer y contarle que la recordaba de años atrás, de un día que ella salía de la secretaría de la facultad? Habría sido absurdo. Lo más probable es que la mujer se lo hubiera tomado como una argucia barata para intentar una aproximación y no le hubiese hecho el menor caso.) No consigue resignarse: la única cara que ha reconocido hasta ahora, a lo largo de su vida, es justamente la de una mujer que sólo vio una vez hace treinta y ocho años. Deduce que esto tendría que despertarle alguna suposición sobre su manera de ser, sobre la falta de facultades fisonómicas que lo ha acompañado siempre. Está convencido de que precisamente en este enigma debe radicar la clave que da sentido a su vida, una vida de éxito pero marcada irreversiblemente por la incapacidad de recordar ningún rostro. En modo alguno puede deberse al azar que la única vez que ha vuelto a encontrarse con esa mujer no haya tenido el menor problema para identificarla de inmediato. Sin embargo, por más vueltas que le da no logra descubrir ninguna clave. Pasan los días, las semanas, los años. Durante el resto de su vida sigue sin recordar ningún rostro. A menudo medita sobre eso. Esa mujer es la demostración de que él es capaz de recordar una cara: a ella sí supo reconocerla la vez que la vio saliendo de la estación de metro, piensa siempre, esperanzado; sin saber que, porque vive desde siempre en la misma calle que él (exactamente a dos casas de la suya), la ha visto cientos de veces, antes y después de aquel día en que la reconoció en el metro.

LA DIVINA PROVIDENCIA

El erudito que, de manera paciente y ordenada, ha dedicado cincuenta de sus sesenta y ocho años de vida a escribir la Gran Obra (de la que hasta el momento tiene a punto setenta y dos volúmenes) se da cuenta, una mañana, de que la tinta de las letras de las primeras páginas del primer volumen está empezando a desaparecer. El negro pierde intensidad y se vuelve grisáceo. Como ha adquirido la costumbre de repasar a menudo todos los volúmenes escritos hasta el momento, cuando se percata de la desgracia sólo se han estropeado las dos primeras páginas, las primeras que escribió hace cincuenta años. Y además, en la segunda página las letras de las líneas inferiores todavía son un poco legibles. Se apresura a rehacer una por una las letras borradas. Con tinta china y paciencia sigue el trazo hasta rehacer palabras, líneas y párrafos. Pero cuando termina advierte que ahora también han desaparecido las palabras de las últimas líneas de la página 2 y toda la página 3 (que cuando inició la reparación estaban unas en buen estado y otras en estado relativamente bueno). Esto le confirma que la enfermedad es progresiva.

Hace cincuenta años, cuando decidió consagrar su vida a escribir la Gran Obra, el erudito ya era consciente de que debería prescindir de toda actividad que le robase aunque sólo fuera un poco de tiempo, de que debía vivir célibe y sin televisor. La Gran Obra sería realmente tan Grande que no podría perder ni un minuto en nada de lo que pudiera privarse. Y de hecho se podía privar de todo menos de la Gran Obra. Por eso mismo decidió no perder ni un minuto buscando editor. El futuro se lo encontraría. Tan seguro estaba de la validez de lo que se había propuesto, que sabía que, indefectiblemente, cuando alguien descubriese los volúmenes mecanografiados de la Gran Obra, uno al lado de otro en los estantes del pasillo de su casa, el primer editor que tuviera noticia (fuera quien fuese) en seguida comprendería la importancia de lo que tenía ante sí. Pero si ahora se le borran las letras, ¿qué va a quedar de la Gran Obra?

La degradación no para. En cuanto ha rehecho las tres primeras páginas, descubre que también desaparecen las letras de las páginas 4, 5 y 6. Cuando he rehecho las de las páginas 4, 5 y 6, se encuentra con que se han borrado completamente las de las 7, 8, 9 y 10. Rehechas la 7, la 8, la 9 y la 10, ve que se le han borrado desde la 11 hasta la 27.

No puede perder tiempo intentando averiguar

por qué se borran las letras. Se apresura a rehacer el primer volumen (los primeros volúmenes: pronto observa que la degradación afecta asimismo a los volúmenes segundo y tercero) y advierte que el tiempo que dedica a esto le impide continuar la redacción de los últimos volúmenes. Y sin el colofón que debe dar sentido magnífico a los volúmenes ya escritos, los cincuenta años de dedicación no habrán servido de nada. Los volúmenes iniciales no son sino el andamiaje, necesario para situar las cosas en su lugar pero no esencial, sobre el cual ahora debe construir las propuestas auténticamente innovadoras: las de los últimos volúmenes. Sin éstas, la Gran Obra no será nunca una Gran Obra. De ahí la duda: ¿no es preferible quizá dejar que los primeros volúmenes se vayan borrando, no perder tiempo en rehacerlos? ¿No es mejor aplicarse a luchar contra el tiempo y acabar de una vez los últimos volúmenes (¿cuántos faltan exactamente: seis, siete?) para culminar así la Gran Obra, aun a riesgo de que algunos de los primeros volúmenes se borren para siempre? De los setenta y dos que ha escrito hasta ahora, bien puede aceptar la pérdida de los siete u ocho primeros, que, aunque le permitieron tomar impulso, no aportan nada esencialmente nuevo. Sin embargo, he aquí otra duda: cuando haya puesto el punto final, ¿se habrán borrado solamente los siete u ocho primeros volúmenes? Decidido a no perder ni un minuto, se sumerge en el trabajo. Muy pronto se detiene. ¿Cómo no se ha dado cuenta hasta ahora de que, si él muere y ese alguien que debe descubrir la Gran Obra y presentársela a un editor tarda demasiado en descubrirla, los volúmenes estropeados no serán sólo siete u ocho sino todos? ¿Qué hacer, entonces: interrumpirse y empezar a buscar editor ahora mismo para evitar ese peligro, por mucho que sin los volúmenes finales resulte imposible demostrarle que lo que se trae entre manos es de auténtica importancia? Pero, si dedica esfuerzo y tiempo a buscar editor, no podrá dedicar el tiempo necesario a rehacer los volúmenes a medida que se vayan estropeando ni podrá dedicarse a escribir los volúmenes finales. ¿Qué debe hacer? Se angustia. ¿Es posible que toda una vida de trabajo haya sido en vano? Lo es. ¿De qué han servido tantos esfuerzos, la dedicación exclusiva, el celibato, los sacrificios? Le parece una burla gigantesca. Siente nacer el odio dentro de él: odio a sí mismo por haber malgastado la vida. Y no poder recuperar el tiempo perdido no le da tanto pánico como la certeza de que a estas alturas no estará a tiempo de saber cómo aprovechar el que le queda.

EL CUENTO

A media tarde el hombre se sienta ante su escritorio, coge una hoja de papel en blanco, la pone en la máquina y empieza a escribir. La frase inicial le sale enseguida. La segunda también. Entre la segunda y la tercera hay unos segundos de duda.

Llena una página, saca la hoja del carro de la máquina y la deja a un lado, con la cara en blanco hacia arriba. A esta primera hoja agrega otra, y luego otra. De vez en cuando relee lo que ha escrito, tacha palabras, cambia el orden de otras dentro de las frases, elimina párrafos, tira hojas enteras a la papelera. De golpe retira la máquina, coge la pila de hojas escritas, la vuelve del derecho y con un bolígrafo tacha, cambia, añade, suprime. Coloca la pila de hojas corregidas a la derecha, vuelve a acercarse la máquina y reescribe la historia de principio a fin. Una vez ha acabado, vuelve a corregirla a mano y a reescribirla a máquina. Ya entrada la noche la relee por enésima vez. Es un cuento. Le gusta mucho. Tanto, que llora de alegría. Es feliz. Tal vez sea el mejor cuento que ha escrito nunca. Le parece casi perfecto. Casi, porque le falta el título. Cuando encuentre el título adecuado será un cuento inmejorable. Medita qué título ponerle. Se le ocurre uno. Lo escribe en una hoja, a ver qué le parece. No acaba de funcionar. Bien mirado, no funciona en absoluto. Lo tacha. Piensa otro. Cuando lo relee también lo tacha.

Todos los títulos que se le ocurren le destrozan el cuento: o son obvios o hacen caer la historia en un surrealismo que rompe la sencillez. O bien son insensateces que lo echan a perder. Por un momento piensa en ponerle *Sin título,* pero eso lo estropea todavía más. Piensa también en la posibilidad de realmente no ponerle título, y dejar en blanco el espacio que se le reserva. Pero esta solución es la peor de todas: tal vez haya algún cuento que no necesite título, pero no es éste; éste necesita uno muy preciso: el título que, de cuento casi perfecto, lo convertiría en un cuento perfecto por completo: el mejor que haya escrito nunca.

Al amanecer se da por vencido: no hay ningún título suficientemente perfecto para ese cuento tan perfecto que ningún título es lo bastante bueno para él, lo cual impide que sea perfecto del todo. Resignado (y sabiendo que no puede hacer otra cosa), coge las hojas donde ha escrito el cuento, las rompe por la mitad y rompe cada una de esas mitades por la mitad; y así sucesivamente hasta hacerlo pedazos.

ÍNDICE